WATAYA Risa

TREMBLER
TE VA SI BIEN

Roman traduit du japonais
par Patrick Honnoré

Éditions
Philippe Picquier

DU MÊME AUTEUR
AUX ÉDITIONS PHILIPPE PICQUIER

Appel du pied

Install

Titre original : *Katteni Furuetero*

© 2010, Wataya Risa

© 2013, Editions Philippe Picquier
   pour la traduction en langue française
   Edition française publiée avec l'autorisation de Wataya Risa/Bungeishunju
   Ldt., par l'intermédiaire du Bureau des Copyrights Français, Tokyo
   Mas de Vert
   B.P. 20150
   13631 Arles cedex
   www.editions-picquier.fr

Conception graphique : Picquier & Protière

En couverture : © Izutsu Hiroyuki

Mise en page : Christiane Canezza – Marseille

ISBN : 978-2-8097-093-77

1

L'attrapera ? L'attrapera pas ? Je suis tellement à garder les yeux fixés sur ce qui brille hors de ma portée que je ne vois même plus les cadavres de toutes les petites choses que j'ai attrapées et qui roulent à mes pieds, loin de la lumière, la marque de mon talon imprimée dessus. S'il est vrai que l'avidité de l'Homme, toujours à tendre les mains vers les inaccessibles étoiles, est le moteur de son évolution, alors en tant qu'humaine moi-même sans doute continuerai-je à désirer toute ma vie. Du désir vient la compétition, et de l'émulation naît le progrès qualitatif, n'est-ce pas ? N'empêche que je suis fatiguée. Ça a commencé dans la nuque. A force de regarder en l'air. Depuis quand le mot « bondir » a-t-il cessé pour moi d'évoquer l'action de gravir un escalier en courant pour représenter celle de sauter vers un objet brillant et lointain dont je me lasse à peine attrapé et que je rejette dans les ténèbres à mes pieds comme un objet sans valeur avant de recommencer à tendre la main vers le suivant ?

Que je coule aussitôt un regard en arrière pour m'apercevoir que ma prouesse est déjà du passé, ou que j'analyse mes performances longtemps après coup avec un sourire, eh bien ma foi, on ne peut pas dire que je ressens un immense bonheur. Un petit sentiment de vide, plutôt.

Alors à quoi bon forcer ma joie au moment où je les tiens dans ma main, juste avant de m'en débarrasser ? Après m'être dépensée jusqu'à la limite de mes forces pour y parvenir, plisser le nez et déclarer « je vise plus haut », ce serait super top cool et la marque d'une belle volonté, du moins en paroles, mais en réalité vouloir progresser toujours plus n'est rien d'autre qu'un impératif dicté par l'instinct, et vivre selon ses instincts est le propre du sauvage. Je devrais apprendre à me contenter de ce que j'ai, c'est ça ? Non, pas tout à fait. Plutôt à me contenter de ce que je n'ai pas. Suffira ? Suffira pas ? Tout de même, regarde à tes pieds, tu ne trouves peut-être rien à ton goût, mais il y a des choses pas mal du tout, là, par terre, encore tout à fait utilisables, les couleurs même pas fanées. Beaucoup aimeraient bien avoir des tasses ébréchées comme celles-là. Ce motif à pois n'est-il pas mignon ? Tu exiges trop, des autres comme de toi-même.

Mais moi, je veux Ichi. Je n'ai pas besoin de Ni. Celui que je veux, c'est Ichi.

Ichi, mon étoile à moi. Ma fraise sur l'assiette que j'ai laissée jusqu'au bout sans la manger. Et que je suis en train de perdre sans même l'avoir touchée. Pas par désillusion, non, ni parce qu'il m'a envoyée paître quand je lui ai avoué mes sentiments, ni parce qu'il avait déjà une copine, juste parce que c'est mort. Cet amour à sens unique qui était parti pour durer éternellement et devenir l'œuvre de ma vie a dépassé la date de péremption.

Mes collègues de bureau entrent et sortent des toilettes de part et d'autre de celles que j'occupe, il y a du roulement. J'entends parler celles qui réajustent leur maquillage devant le miroir, pendant que je reste assise sur le couvercle fermé des W-C, la tête dans les mains. L'un des escarpins noirs que j'ai enlevés gît renversé sur le côté, le papier toilette avec lequel j'essuie mes larmes peluche sur mes joues. Très absorbant, se désagrège à l'eau. J'aurais pu m'en douter, puisqu'il est fait pour passer à la chasse après usage.

Le bruit d'eau qui coule de la petite fée qui couvre les bruits disgracieux des cabines de W-C de chaque côté de la mienne couvre aussi le bruit de mes sanglots. Depuis un certain temps, il est devenu du plus élémentaire savoir-vivre de faire intervenir la petite fée qui couvre les bruits dès qu'on fait ses besoins, étrange phénomène sans doute spécifique aux toilettes pour femmes du Japon. A son apparition, nous étions trop heureuses de pouvoir effacer nos petits bruits et nous nous empressions d'appuyer sur le bouton. La minuterie était trop courte, ça s'arrêtait à tous les coups en plein milieu et il fallait se dépêcher de finir son affaire au plus vite, si bien que nous avons été confites de reconnaissance quand est apparue la petite fée à senseur. Le problème, c'est que faire usage de la petite fée est considéré maintenant comme la moindre des politesses, alors si tu ne l'utilises pas, c'est vraiment que tu le fais exprès pour qu'on t'entende, ce qui est beaucoup moins drôle. Je dois être la seule de tout le bureau à attendre avec impatience la pause de midi pour pouvoir faire mes besoins sans floutage, sans appuyer sur le bouton de la petite fée mais en pro-fitant quand même des petites fées mes voisines. Comme en ce moment par exemple, je profite du chant des petites fées alentour pour couvrir le bruit de mes sanglots.

Toute présence a déserté les toilettes, la pause de midi est terminée, mais je n'ai toujours pas envie de sortir. Je me moque que mon uniforme soit froissé, je reste assise, les genoux repliés sous le menton, sur le couvercle des W-C. Même si le chef vient me cher-cher, même si on me jette un seau d'eau par-dessus la porte, je ne sortirai pas. Ce n'est pas que j'aie la flemme, ni que j'aie envie de démissionner. Mais je hais ce bureau. Rentrer chez moi, revenir ici demain, et encore après-demain, ce n'est plus possible, il va falloir que je demande un congé. Mais si je demande un congé sans raison, je peux être sûre qu'eux en trouveront une, de raison, pour me forcer à démissionner. Qu'est-ce que c'est que ça ? Demander un congé de longue durée, pour ce que tu sers ici, toi ? Je n'ai besoin que d'un congé, si sous ce prétexte on me pousse à la démission, ce sera une défaite. Et ça, pas question, il faut que je réfléchisse à quelque chose d'autre, il faut que je pense à un truc.

J'avais deux chéris, et comme je me doutais bien que la situation ne durerait pas éternellement, je comptais bien en profiter au maximum. Au départ, le numéro Un, Ichi, était mon grand amour, mais comme nos atomes n'avaient pas l'air d'avoir envie de se crocheter, la teneur de notre relation se résumait, pour lui, à faire des sourires apeurés, et pour moi, à le regarder ; quant au numéro Deux, Ni, je n'en étais absolument pas amoureuse et pourtant c'est probablement lui que je vais épouser. Si je me marie avec Ni, ce sera sans chichis dans une quelconque chapelle de pacotille, vêtue d'une robe de mariée de location, je parcourrai la *Virgin Road* entourée de la collection de mes amis debout en rang d'oignons dans l'ordre chronologique. Peu m'importe. Du moment que l'homme qui se tiendra devant le podium du serment, dans son kimono de location pour la fête des enfants, les commissures tendues de componction, n'est pas Ichi, tout cela n'a aucune importance. Pendant qu'un prêtre de nationalité non identifiée lira un verset de la Bible en japonais avec un accent anglais, plutôt que de rester plantée aux côtés de Ni, je veux regarder le joli vert tendre du gazon humide de pluie, assise au bout du sofa des invités à côté de la fenêtre, les jambes croisées dans ma robe de mariée, la joue dans la paume de ma main. Toute la famille pourra murmurer, ma mère, livide dans son kimono noir à obi brodé de motifs de grues et de tortues, aura beau tirer sur les pans de ma robe, je ne redresserai pas la tête. J'attendrai que le prêtre appelle mon nom et alors je m'approcherai de l'estrade, je soulèverai mon voile comme un vieux client soulève le rideau d'entrée du boui-boui où il a ses habitudes pour saluer le patron, et je collerai mes lèvres sur celles de Ni.

Je veux ouvrir la porte-fenêtre, marcher à grands pas sonores, et quand je serai sur la pelouse, je dénouerai le ruban blanc de mes chaussures à talons hauts qui enlace mes chevilles, je les jetterai au loin et je dévalerai la colline pieds nus jusqu'à la plage. Quand ma respiration sera trop forte, je ferai une halte en serrant l'un des troncs de la pinède dans mes bras. Le temps de reprendre mon souffle, et je repartirai en courant jusqu'à la mer, je marcherai sur le rivage en souillant le bas de ma robe dans l'eau et le sable mouillé. Traces de mes pas effacées par les vagues à peine imprimées sur le sable, voix de ma chanson couverte par le bruit des vagues, et quand j'aurai lancé de toutes mes forces dans la mer mes gants longs jusqu'aux coudes, blanc pur de la dentelle flottant parmi l'écume où se réverbérera la lumière du soleil.

Alors que si je marie Ichi, je serai la promise qui ne lâche pas le promis des yeux un seul instant. D'abord, je prierai la lune chaque soir pour que la cérémonie se déroule sans anicroches, pour qu'Ichi ne se fasse pas la malle la veille des noces. Et comme même le jour J l'angoisse ne voudra pas partir, je lui coudrai en cachette un émetteur GPS dans son nœud pap. Et je serai tellement morte de peur à l'idée que, retrouvant l'une de ses anciennes copines parmi les invités, leur amour ne renaisse de ses cendres ou que mes anciens amis de fac n'aillent lui raconter certaines histoires embarrassantes de l'époque où j'étais étudiante, que de toute façon je n'inviterai que la famille. D'ailleurs, pourquoi faire des folies pour notre mise en ménage ? La cérémonie se tiendra donc dans un petit hall d'hôtel pas cher. Mais, même réduite à sa plus simple expression, je veux quand même une cérémonie, pour que le jour où lui viendra l'envie de changer d'avis, ntt ntt ntt, nous sommes mariés, je te rappelle ! Trop tard pour faire comme si rien ne s'était passé ! La cérémonie, ce sera la preuve que le lien qui nous unit tous les deux est éternel. Regarde-moi ça. On en a fait, des frais ! On en a impliqué des gens, on en a dépensé des sous, tu ne peux pas y échapper, hé hé.

Mais même localisé en temps réel par GPS, Ichi trouvera toujours une faille pour s'évader. J'en suis sûre et certaine, puisqu'il ne m'aime pas. Et s'il ne parvient pas à s'échapper, il suffira qu'il me dise d'un air renfrogné, le jour de nos noces, dans les vestiaires de la salle de mariage : « Je me demande si c'était bien la chose à faire… » Ou même pas, un simple petit affaissement des épaules, un léger hochement de tête suffira pour que germe en moi le sentiment d'avoir commis le crime d'avoir enchaîné le Petit Prince. Ichi est libre. Chaque seconde de chaque heure de chaque jour, il est libre. Et je ne peux pas aimer sa liberté insoumise.

Et ça ferait un mariage heureux ?

2

Moi qui suis du genre à ne jamais pouvoir choisir un vêtement quand j'entre dans une boutique, tant et si bien que l'article à la mode que tout le monde s'arrache est finalement épuisé le temps que je me décide, je suis tombée amoureuse d'Ichi au premier coup d'œil. C'était en deuxième année de collège[1] et tous les élèves de la classe étaient présents. L'achat coup de cœur, dans ma tête du moins. Un vêtement, tu dois réfléchir s'il te va, si c'est dans tes moyens, à quelle occasion tu comptes le mettre, mais pour tomber amoureuse, on est totalement libre, pas question de budget, d'essayage ou de livraison à attendre. Du moins, tant qu'on n'espère pas un regard en retour.

— Ichi !

— Qu'est-ce qu'il y a ?

---

1. Correspond à la quatrième dans le système scolaire français.

— Non, rien.

Sûr que ce n'est pas moi qui aurais trouvé une idée pareille pour me l'approprier. Quand il arrivait en classe, avant la première heure, la bande des excitées se mettait à ricaner dès qu'elles réussissaient à attirer son attention.

— Ichi, tu as une mèche qui rebique !

— N'importe quoi…

— Mais si, je te dis ! Derrière, ça fait une boucle ! Trop mignon !

Elles en profitaient pour lui toucher les cheveux, et au bout de mes doigts j'éprouvais la finesse de ses cheveux comme si c'était moi qui les touchais. Ça me picotait et me donnait chaud.

— Salut, Ichi, tu es en retard, merde !

Il n'avait pas le temps de poser son cartable sur son bureau que les autres garçons l'entouraient déjà, lui mettaient la tête sous le bras, formaient un cercle autour de lui pour renforcer leur cohésion.

Quand il souriait, avec sa mèche longue et souple et ses yeux en amande, cela lui donnait un petit air espiègle, ses prunelles noires luisaient. Il n'était pas encore débarrassé de l'enfance, et quand il traversait la classe, aussi bien les filles que les garçons, tout le monde voulait s'occuper de lui. A l'époque, pour avoir du succès auprès des filles, il fallait être bon en sport, bon en cours, le genre extraverti et sûr de soi, et de fait je n'ai jamais entendu une fille de la classe dire qu'elle était amoureuse d'Ichi. Il avait du succès, mais pas comme les autres, lui, c'était le tou-tou de la classe. Sauf pour moi. Ichi n'était pas mon toutou, assurément.

— Hé, touche pas ça ! disait Ichi en souriant quand la fille assise devant lui volait sa gomme pour lui faire une blague.

— Hé, arrête ! disait Ichi en repoussant le gar-çon qui venait en courant de l'autre bout de la classe pour lui sauter dessus.

Le garçon en question s'étant fait repousser un peu trop brusquement à son goût, s'énervait et se mettait à le poursuivre encore plus fort.

— Ce qu'il est mignon, Ichi, on dirait un petit chien ! commentaient les filles entre elles.

Sauf que le charme d'Ichi, ce charme qui les fai-sait tous craquer, ce n'était pas de la mignonnerie naturelle, c'était la peur. Les autres ne le voyaient pas, eux essuyer méticuleusement avec un mou-choir en papier la gomme que sa voisine de devant avait touchée, à peine celle-ci s'était-elle retournée, ils ne se doutaient pas que la transpiration qui lui venait aux joues quand il se faisait courir après à travers la classe n'était pas uniquement due à l'échauffement physique. Certes, cette sudation provoquée par une augmentation du métabolisme et de la température corporelle, de bon aloi chez un jeune enfant, n'est-ce pas, était particulièrement seyante chez lui, mais à vrai dire ce n'était pas une sueur ordinaire : c'étaient des sueurs froides.

Il gardait le sourire, c'est un fait, mais au fond de lui, il avait en horreur tous ces contacts trop familiers, et c'est l'odeur de peur qu'il dégageait qui excitait inconsciemment les autres et les poussait à lui tourner autour.

Je m'en étais aperçue un jour à sa respiration altérée, comme je l'avais croisé dans le couloir alors qu'il venait de se faire poursuivre dans tous les coins par les élèves de la classe. C'étaient les halètements dépressifs, pitoyables et terriblement excitants de la nouvelle venue face au harcèlement du chef de bureau. Voilà pourquoi je n'adressais pas la parole à Ichi. Pour qu'il me trouve, moi et moi seule, différente de tous ceux qui le traitaient trop familièrement. Il ne fallait pas qu'Ichi, et les autres, se rendent compte que je m'intéressais à lui. S'il s'en apercevait, alors je deviendrais comme n'importe quelle autre. Pendant l'interclasse de midi, je restais assise et je me contentais de le regarder en vision périphérique.

Une technique que j'avais inventée pour le regarder sans donner l'impression de le regarder. Je faisais semblant de fixer le tableau noir ou la pelle à balai dans le coin des ustensiles de ménage, mais en réalité toute mon attention était concentrée sur Ichi qui se trouvait à la marge de mon champ visuel. Un truc pas simple, à se faire exploser un capillaire, mais regarder Ichi sans qu'il s'en aperçoive était mon petit plaisir de l'interclasse de midi : menton pointé au ciel d'Ichi riant avec ses copains, chevelure lourde et sautillante d'Ichi poursuivi à travers la classe par ses copains. Quand ils avaient l'autorisation d'utiliser le terrain de sport, à midi, Ichi et ses copains jouaient au foot, alors en fait les jours de pluie étaient les seuls où je pouvais le regarder en vision périphérique. Pour cette raison, tous mes souvenirs d'Ichi sont liés au bruit de la pluie et aux nuages gris que l'on voyait par la fenêtre de la classe.

Au second trimestre, la vision périphérique me laissant quelque peu sur ma faim, j'ai entrepris l'écriture d'une bande dessinée dont Ichi était le héros. Un véritable *story manga* complet. *Pafutt-futt le Prince né* racontait l'histoire d'un petit prince plein d'allant et de santé qui sortait parfois incognito de son château pour se mettre à l'écoute des malheurs des villageois, se renseigner et enquêter comme un détective. Quand il avait identifié les causes, il intervenait dans toute sa gloire princière et punissait le mal. Sans doute mon ADN japonais qui ressortait inconsciemment, moi qui fréquentais pourtant très peu le tatoué à chignon et ses fleurs de cerisier voletantes ou le papy avec sa boîte à pilules portative[1]. Dans la classe il y avait une autre

---

1. Allusion à deux personnages célèbres des séries télévisées de samouraïs (et avant cela du cinéma et du théâtre populaire), Tôyama no Kin-san et Mito Kômon, types de justiciers se faisant passer pour des citoyens ordinaires.

fille qui dessinait des mangas, mais elle, c'était plutôt de la BD comique sur les élèves de la classe. Elle dessinait bien, on se pressait autour de sa table pour lire sa production, alors qu'autour de la mienne c'était plutôt le désert. J'étais jalouse, bien sûr, mais c'est grâce à elle, qui ne prétendait pas projeter sous les traits de personnages identifiables des éléments strictement fictionnels, n'est-ce pas, mais représentait tout bonnement les élèves de la classe tels qu'ils étaient, que personne n'a reconnu Ichi sous les traits du Prince né.

Quand j'en ai eu rempli un, puis deux cahiers, et que ça a commencé à faire un peu « série », j'ai eu moi aussi mes premiers lecteurs. Enfin, disons que quand les cahiers de la mangaka la plus populaire étaient monopolisés par d'autres, certains venaient tuer le temps à ma table et feuilleter ma BD sans rien me demander. Il y a quand même eu un garçon qui m'a dit qu'il avait envie de lire la suite et une fille qui m'a montré le Pafutt-futt qu'elle avait dessiné. Pendant que mes camarades lisaient en grappe les cahiers achevés, je dessinais la suite à côté d'eux. J'entendais parfois la voix d'Ichi à proximité, ce qui faisait soudain de cette salle de cours pendant l'interclasse un environnement idéalement propice à la création.

Un jour, j'ai vu qu'Ichi était en train de lire ma BD.

Ichi en chair et en os.

Il était là ! J'aurais bien voulu le voir de plus près, mais si je m'approchais de lui, n'allait-il pas s'enfuir ? Ne risquait-il pas de s'envoler au moindre de mes mouvements ? J'étais dans l'état d'esprit de la fille qui a déposé des miettes de pain sur le balcon pour attirer les moineaux et qui en aperçoit un par la fenêtre pendant qu'elle regarde la télé dans le salon : elle se dit qu'elle aurait dû recouvrir son appât d'un panier maintenu en équilibre sur une baguette avec une ficelle pour le prendre au piège.

Mais même en le regardant en face et non pas en vision périphérique, Ichi ne s'est pas envolé. Lui que je n'avais jamais vu que flou à l'extrême bord de mon champ visuel composait maintenant une vraie image, parfaitement nette et distincte, totale, ses lèvres fines et cruelles, la ligne de son menton, ses yeux mi-clos, ses mains délicates qui tenaient mon cahier, ses cheveux couleur châtain cent fois plus fins que je ne l'avais imaginé. Etre enfermé très très à l'étroit lui irait super bien, j'en suis sûre… Mais oui ! Dans le prochain épisode, Pafutt-futt le Prince né serait transformé en bouchon de liège par un sorcier. Enfoncé dans le goulot d'une bouteille de vin, incapable de faire le moindre mouvement, la bouteille confinée dans une cave bien sombre, il sera sexy comme tout, mon prince !

— Pourquoi un prince ? m'a demandé Ichi en feuilletant mon cahier.

— Parce qu'il deviendra le souverain d'un pays, ai-je répondu.

Mais comme j'avais dévoilé tout mon secret spontanément sans réfléchir, il n'a pas compris.

— Hum… Bizarres, ces cheveux.

Sous le coup de la panique, j'ai plaqué une main sur ma tête, avant de comprendre que c'était des cheveux de Pafutt-futt le Prince né qu'il parlait. Pourtant, c'était d'après son modèle que Pafutt-futt avait cette coupe de champignon ébouriffé.

Il a reposé le cahier sur ma table puis est sorti jouer au foot. J'avais enfin un souvenir d'Ichi en classe par beau temps. La conversation avait été courte et quelque peu décousue mais ça ne fait rien, j'étais déjà heureuse d'avoir pu lui dire trois mots. Merci, Ichi, de m'avoir adressé la parole.

A partir de ce jour, unilatéralement convaincue d'avoir capté le message, à savoir que lui aussi désirait entrer en contact avec moi, je n'ai eu de cesse d'engager une action répondant à son attente. Une fois, après la fin des cours, revenant de la salle d'économie domestique et familiale où j'étais restée pour terminer un travail, je suis passée à notre salle pour récupérer mon sac. J'y ai trouvé Ichi, seul, craie en main, en train de couvrir le tableau de la phrase *Je ne dois pas parler en classe*. Prête à toutes les conséquences, j'ai lancé :

— Qu'est-ce qui se passe ? C'est Mme Miyamoto qui t'a puni ?

— Ouais. Je dois l'écrire cent fois et elle revient vérifier, la vieille charogne !

Ichi continuait à recopier sa phrase en frappant avec sa craie comme s'il martelait le tableau. Mme Miyamoto, la prof d'histoire, avait des tendances un peu sadiques sur les bords et une affection toute particulière pour Ichi. Dès qu'il en faisait une, elle le punissait plus sévèrement que les autres, rien que pour s'assurer une place dans son esprit.

— On dirait Bart des Simpsons !

— C'est qui ? Un *gaijin* ?

— Rien, laisse tomber. Tu n'as qu'à écrire une fois *Je dois parler en classe*, elle ne s'en apercevra même pas !

J'avais lancé l'idée le cœur battant. Ichi est resté muet devant le tableau à faire la moue, a réfléchi un moment, puis changé l'une des phrases qu'il avait écrites en *Je dois parler en classe*.

— C'est cherchez l'intrus, le jeu ! ai-je dit en riant tellement j'étais heureuse.

La craie toujours en main, Ichi a laissé retomber sa tête sans force sur sa poitrine et poussé un gros soupir. J'ai eu soudain peur qu'il me déteste, j'ai attrapé mon sac et je suis sortie précipitamment de la salle sans même dire au revoir.

En troisième année, nous n'étions pas dans la même classe, je ne le voyais plus, même en vision périphérique. Pour une histoire quelconque, j'ai dû aller en salle des profs voir Mme Miyamoto, qui était prof principale de la classe d'Ichi. Sur son bureau se trouvait une feuille où une seule et même phrase était recopiée d'une mauvaise écriture que j'ai reconnue pour l'avoir déjà vue sur un tableau noir. Quand elle m'a vue écarquiller les yeux, la prof a eu un petit rire contraint.

— Chaque fois que je donne des lignes à Ichinomiya, il se débrouille toujours pour écrire une ou deux fois *J'arriverai encore en retard* ou *Je parlerai avec mes camarades.* Ce garçon est incorrigible. Et moi, ça m'oblige à relire tout ce qu'il écrit. Regardez-moi ça, là encore ! Eh bien, ce sera cent lignes de plus !

Miyamoto avait souligné en rouge *Je n'arriverai pas plus jamais en retard.* J'ai été prise d'un doux vertige. Mais, madame, ce n'est pas contre vous ! C'est à cause de ce que je lui ai dit il y a plus d'un an. Vous n'avez aucun droit à vous arroger des prérogatives là-dessus ! Cette phrase mal foutue, c'est la preuve du lien psychique qui existe entre Ichi et moi.

3

— Les filles de la compta, elles sont sérieuses, elles font de bonnes épouses qui tiennent les comptes domestiques à jour, je crois… avait articulé Ni après s'être présenté à la soirée d'amitié compta-commerciaux cet été, faisant apparaître un sourire plutôt frisquet sur nos lèvres à nous, les filles de la compta.

Sérieuses, peut-être au boulot, mais d'où sort-il que de nos jours, dans un couple, ce sont les filles qui tiennent les comptes ? Il faut vraiment être à la ramasse pour croire ça.

Ni, c'est l'ex-sportif affublé d'un petit début de bidon propre au buveur de bière, le type qui fixe sa vieille coupe ras du crâne quelque peu défraîchie au gel extrafort, grand nez, grands yeux, le type qui dégage une aura chaude et humide comme l'épaisseur d'un *bentô* tout frais.

Je savais qu'on était de la même promo d'employés de la boîte, mais je ne lui avais jamais vraiment parlé avant cette soirée d'amitié. Contrairement à la compta, département très féminisé, une atmosphère de virilité prononcée se dégage de la section commerciale, sans doute parce qu'ils se trouvent en première ligne sur le front des ventes, au contact des troupes d'autres compagnies, j'imagine.

Le commercial qui occupait la pole position au cours de cette soirée d'amitié, celui qui bénéficiait de la meilleure cote sur le marché des perspectives de carrière, celui que toutes les filles de la compta s'étaient disputé, car beau gosse avec ça, a depuis disparu du paysage. Il était compétent, il savait tenir compte du contexte, savait lire entre les lignes. Tellement il savait lire entre les lignes qu'il détectait en permanence des sous-entendus derrière le moindre mot et hochait tout le temps la tête avec un petit sourire en coin comme s'il saisissait le sens au-delà de ce qu'on lui disait, si bien qu'il se croyait entouré d'ennemis. Il tenait à ce que la prééminence lui revienne en tout, ne pouvait se contenter de travailler sous les ordres d'un supérieur, et même quand un ordre venait d'en haut, il restait le sujet de toutes ses phrases, c'était toujours « moi je » qui décide, « moi je » qui dis ce qu'il y a à faire. Il était peut-être très compétent dans son travail, mais le temps qu'autour de lui on se dise qu'il n'allait pas se rendre la vie facile, à peine sa cote de popularité avait-elle commencé à flancher qu'il avait déjà démissionné. Et quand il a démissionné, pareil, on ne l'avait pas poussé à la démission, non, c'était lui qui laissait tomber cette boîte, c'est du moins l'impression qui émanait de son discours. Dans mon for intérieur, je l'appelais Dekisugi, Celui qui réussit trop bien. En fin de compte, en entreprise, ceux qui restent, ceux qui reviennent au bureau le lendemain et tous les autres jours, ce sont les Ni, les bourrins qui n'ont même pas conscience des sarcasmes qui courent sur leur compte.

— Cette soirée d'amitié compta-commerciaux, c'est moi qui avais demandé à un collègue de notre promo de l'organiser, à vrai dire.

Le week-end de notre second rendez-vous, la fois où Ni m'a fait sa déclaration, le volume de la techno était tellement fort que je n'ai pas bien compris.

— Hein ? Qu'est-ce que tu dis ?

— Je dis que cette soirée d'amitié, au départ c'était mon idée. Je cherchais une opportunité de faire ta connaissance, Etô, mais sans que ça se remarque, quoi. Alors j'ai demandé à un collègue du département commercial de la même promo de prendre ça en main, et c'est comme ça qu'il a organisé la soirée pour moi.

Il a élevé la voix.

— Dis, c'est bruyant ici, ça te dirait pas de sortir et d'aller dans un café, plutôt ?

Il a eu un sourire contraint, comme pour dire, toi, tu n'es pas très douée pour choisir les endroits… Il essayait de me mettre sur le dos le fait qu'il se sentait dans ses petits souliers. Mais pas question. Il avait peut-être envie de parler, mais moi j'avais envie d'écouter de la musique, et le cas échéant, si l'influx venait, de danser. C'est pour ça que j'avais choisi ce club, et ce n'était pas une erreur du tout.

Le fait d'être une totale *otaku*[1] ne m'empêche pas d'aimer la techno. J'en télécharge sur le Net pour l'écouter chez moi au casque, mais finalement l'envie m'est venue d'en écouter à plein volume, avec les lasers, les fumigènes et tout. Alors, vu que personne ne se donnait la peine de m'inviter, j'ai profité du rendez-vous avec Ni pour suggérer ce club à Ikebukuro. Il est arrivé devant le club à vingt et une heures en costume, tel qu'il était sorti du bureau. En le voyant avec sa cravate, engoncé dans sa chemise, j'ai eu un coup de bleu. Il avait amplement le temps de se changer s'il l'avait voulu, est-ce qu'il l'avait fait exprès pour montrer qu'il était dans la vie active ? Ce n'est pas en sortant avec un garçon en costume cravate que je vais me détendre.

---

1. Terme à l'origine péjoratif désignant les garçons à tendances asociales, amateurs de jeux vidéo et de mangas ou fans de célébrités virtuelles ; désigne aujourd'hui une « sub-culture » à part entière, possédant son langage, ses sites Internet, sa mode et ses signes de reconnaissance.

Après avoir échangé ses coupons contre deux bières, Ni m'a entraînée directement à une table sans même un regard pour le dance floor et a commencé à parler de lui comme si on était au resto. Comme quoi il était sorti d'une université plutôt bonne, il aimait son travail, il faisait du foot depuis l'école primaire, même que quand il était au lycée il avait été sélectionné pour le championnat départemental. L'air de rien mais très systématiquement, il plaçait des données positives sur lui-même, comme on pose négligemment un pot-pourri de fleurs jaunes dans les toilettes ou sur le lavabo, histoire de me mettre au parfum concernant certains points essentiels à mémoriser. Il me vendait son produit, en commercial. Peut-être me voyait-il, à la fin de la conversation, me lever après mûre réflexion et déclarer en lui tapotant l'épaule : « Entendu, jeune homme, vous avez carte blanche, je vous confie le dossier. » A me déballer tout d'un seul coup, ne craignait-il pas que je perde tout intérêt à le revoir, maintenant qu'il n'y avait plus rien à découvrir ?

— Le problème, c'est que depuis que je vais au club de muscu en sortant du bureau pour compenser le manque d'exercice, je crois bien que j'ai retrouvé mes adducteurs de quand j'étais au lycée, alors le pantalon de costume me serre vachement au niveau des cuisses, va falloir que je m'en achète un autre, c'est galère…

— C'est incroyable comme ça se développe, les muscles des cuisses.

— Enfin, pas tant que ça, finalement, c'est plutôt que je ne les utilisais plus trop, récemment. Mais pas trop mal à mon goût, quand même.

Cette fausse modestie cachant une saillie grossièrement prétentieuse, c'est un peu me montrer un tour de passe-passe que je ne lui ai pas demandé. Bon, et elle est où ma pièce, maintenant ?

— Depuis que je me suis aperçu qu'un working out léger suffit pour maintenir la musculature, j'y vais un peu tous les jours. Un petit millier d'abdos, un petit millier pareil pour les fessiers et les adducteurs, et le reste juste de quoi ne pas se sentir fatigué, en gros.

— Faire un effort physique en sortant du bureau, ça doit être fatigant, tout de même.

— Pas vraiment, en fait. Parce qu'on ne bouge pas autant qu'on croit, au travail. Même si nous, les commerciaux, avec les visites aux clients et les déplacements, c'est quand même vachement plus physique comme travail que les gratte-papiers, mais en fait, moi, ça ne me fatigue pas. Et toi, Etô, tu serais pas du genre à tout de suite rentrer à la maison, manger et puis dodo ?

— Eh bien, je regarde la télé, je prends un bain…

— C'est très mauvais, ça ! Pour la santé du corps, il faut compléter par un effort physique. Un peu de marche ou de stretching, par exemple.

Avant de dormir, il faut absolument faire travailler ses muscles ! Surtout à la compta, vous n'avez pas de déplacements extérieurs, vous êtes assises toute la journée. Les week-ends, tu fais quoi ?

— Je reste chez moi, ou je fais des courses…

Des cris excités fusèrent du dance floor. Un DJ connu venait de faire son apparition, je crois. D'ailleurs, à l'entrée, j'avais vu une affiche qui disait qu'aujourd'hui une star allait faire le DJ. Je voulais le voir ! Je voulais le voir ! J'étais prête à me lever, mais Ni a accueilli les cris de la foule avec une grimace et repris son histoire.

— Il faut au moins aller à la gym. Passé vingt-cinq ans, les muscles s'atrophient, il faut les consolider avant d'atteindre la trentaine, c'est mieux pour le corps.

Non seulement il venait de me siffler un faux départ, mais en plus il me jouait son petit numéro de conseil, comme s'il me sortait un pigeon d'un chapeau haut de forme sans que je lui aie rien demandé. Bon, et maintenant, le pigeon, c'est moi qui dois m'en occuper ?

— Alors tu n'es jamais fatigué, avec un physique de guerrier comme le tien…

— La fatigue, elle n'est pas physique, elle est mentale, à force de faire travailler son esprit. C'est comme la dernière fois, le *project* sur lequel j'ai bossé, ça chiffrait en centaines de millions de yens, quand même ! Je peux te dire que quand on manie des unités pareilles, les nerfs sont sollicités ! Cette fois-là, pour le coup, j'étais fatigué, parce que toute la responsabilité reposait sur mes épaules…

— Déjà, si jeune, on te confie des *projects* de cette envergure. Tu es un employé d'élite.

— Mais non, ce n'est pas que je suis un employé d'élite, c'est le supérieur qui n'en veut pas parce que des gros *projects* comme ça, ça demande une énorme quantité de travail et beaucoup de responsabilité, alors il préfère les refiler aux jeunes qui ont du potentiel et qui bossent. Mais comme ça s'est super bien passé, il n'est pas impossible que ma cote monte un peu en interne. Enfin, ça, ce serait un coup de chance. Même si, à cette époque-là, je m'effondrais jusqu'au lendemain matin à peine passée la porte de chez moi, tellement j'étais mort.

Les gens qui n'ont qu'une hâte, celle de vous contredire alors même que vous leur avez servi sur un plateau la réplique qu'ils attendaient, je déteste. Ah, et puis ceux qui disent *project* au lieu de « projet » aussi.

— Mais ça valait la peine, puisque tu as réussi.

— Certainement. Ça marche et c'est deux cents millions qui rentrent dans les caisses. Alors que si ça foire, les investissements consentis partent en fumée. Moi qui avais été nommé leader sur ce coup-là, j'ai serré les dents.

Attends donc de gagner des millions toi-même pour parler gros chiffres, va ! Ce n'est pas parce qu'on te confie – peut-être – de gros budgets que ça fait frémir ton salaire, je me trompe ?

— Mais parle-moi un peu de toi, Etô. Quel genre de personne es-tu ?

— Etô Yoshika, vingt-six ans. Nationalité japonaise, groupe sanguin B, employée à K.K. Maruei, facilement acnéique. Je n'ai jamais coloré mes cheveux, peau à tendance eczémateuse, rougeur pérenne à l'année sur le cou. Copain zéro, économies zéro. Loyer mensuel 75 000 yens. Ce que je déteste : les glandeurs. Ce que j'aime : le ragoût de bœuf. Ma passion du moment : chercher sur Wikipédia les espèces animales éteintes.

— Tu l'as dit comme ça, mais c'est vrai ? Tu n'as pas de petit ami ?

— Pas pour l'instant, non.

— Ah bon ? Depuis quand ?

— Depuis assez longtemps.

— Ah bon… Moi, ça fait un an que je n'ai personne. Depuis que j'ai quitté mon ancienne copine qui était plus âgée que moi, ça faisait sept ans qu'on était ensemble, depuis la fac.

Le voilà reparti à parler de lui, alors que moi j'avais envie de parler des espèces éteintes que j'avais découvertes la veille. J'en avais une très grosse envie, c'est pour ça que j'avais placé le sujet à la fin de ma présentation, mais raté, il n'avait pas mordu. Sur Wikipédia, il y a un tableau de toutes les espèces animales éteintes, on clique dessus et on apprend la façon dont elles ont disparu, et rien que de regarder la liste de leurs noms et de se dire que toutes ces espèces ont disparu de la Terre par suite de l'intervention humaine, on se sent gagné par un sentiment de solennelle gravité. Par exemple le dodo. Ce gros oiseau, que l'on trouve mentionné dans *Alice au pays des merveilles*, incapable de voler avec ses ailes atrophiées et son bizarre bec jaune et noir, n'a jamais existé ailleurs que sur l'île Maurice et a disparu quand les Hollandais l'ont emporté chez eux comme objet de curiosité.

Ou par exemple la rhytine de Steller dite aussi vache de mer. En 1741, un navire d'expédition russe sombre. Les naufragés accostent sur une île déserte, plus de la moitié meurent du scorbut mais quelques-uns d'entre eux découvrent un troupeau d'animaux qui se baignent dans la mer, des animaux que personne n'avait jamais vus, au corps d'otarie et à la queue fendue comme les baleines. Ces animaux n'ayant pas peur de l'homme, ils les attrapent et les mangent, puis en chargent leur chaloupe avant de quitter l'île. Leur embarcation est prise en charge par un vaisseau, et l'un des matelots qui a pu revenir dans sa patrie apprend aux autorités l'existence de cet animal à la chair exquise et qui se laisse facilement attraper. Les hommes se ruent immédiatement sur l'île et exterminent la vache de mer. Certaines faisaient près de sept mètres de long, elles vivaient en groupes, et quand une de leurs compagnes était blessée, en particulier si c'était une femelle, les mâles arrivaient et tentaient de retirer les harpons fichés dans son corps et les cordes qui la ligotaient. Du coup, il était possible d'en chasser un grand nombre en une seule fois. Il faut être de pauvres malheureux, moi je dis, pour tuer des animaux en profitant de leur gentillesse. A la préhistoire les vaches de mer étaient répandues sur toute la Terre, on en trouve des fossiles à Hokkaidô et dans le Tôhoku. Source Wikipédia.

Ne pas vous laisser parler de ce que vous avez trouvé sur Wikipédia, c'est méchant.

— A propos de mon ancienne copine que j'ai quittée après sept ans. Elle était aux petits soins pour moi, mais quand elle a commencé à parler mariage-mariage, j'ai commencé à me demander si c'était pour ça qu'elle était si gentille et serviable et ça m'a refroidi. L'élément décisif, c'est quand elle s'est mise à entreprendre mes parents sans attendre ma réponse. J'estime qu'il doit y avoir le mariage au bout de l'amour, mais engager une vie commune dans l'objectif de se faire épouser, ça, non. Peu à peu, mes sentiments ont changé, je la considérais plutôt comme une grande sœur, ça devenait un peu trop famille-famille, alors là j'ai dit la marée a tourné, stop.

Dis, tu pouvais bien accepter de fonder avec elle une famille, puisque tu la considérais comme une grande sœur ! Pitié, quoi ! C'est comme ça que tu parles de quelqu'un avec qui tu es resté sept ans ? La nuit, quand tu dors, tu ne te sens pas un peu des raideurs dans la nuque ? Faudra pas t'étonner si elle vient te hanter ! Ton ex, je ne sais pas à quoi elle ressemble, mais je peux deviner sa déception. Avoir envie de se marier, pour une fille, quand on a été longtemps ensemble, c'est normal. Que ce soit pris pour un calcul, il y a de quoi craquer.

— D'ailleurs, depuis qu'on s'est quittés, elle a épousé un type avec qui elle sortait depuis même pas trois mois.

Le choc avait dû être violent, la simple évocation de ce souvenir suffisait à le faire grimacer douloureusement.

— Finalement, j'avais bien raison, elle ne pensait qu'au mariage. Alors c'était quoi sa relation avec moi, hein ? Ça m'a blessé, je peux le dire.

— Les femmes pressées, c'est pas bien, ça. A n'importe quel âge, l'amour devrait rester l'amour, n'est-ce pas ?

— Une gentille fille, pourtant…

Il ne s'était même pas aperçu que j'avais prononcé la phrase sur un ton monocorde et apathique. Après sa réplique qui n'engageait à rien, il s'est levé.

— Bon, on s'en va ? Ça suffit, je suppose. Et puis j'ai envie de parler un peu avec toi dans un endroit tranquille.

Les cafés étaient fermés, les seuls endroits ouverts étaient bruyants, nous avons erré dans la nuit tropicale d'Ikebukuro. Avec mes escarpins, je commençais à avoir les talons et le cou-de-pied endoloris quand un rabatteur s'est approché de nous et nous a proposé une réduction pour le Karaoké 747. Pourquoi pas là, finalement, a dit Ni, et nous nous sommes retrouvés à l'intérieur.

A peine entrés dans une cabine, Ni s'est assis en face de moi, apparemment sans aucune intention de chanter, et il a attaqué sur un autre ton.

— Tu as dû être étonnée que je te téléphone pour te proposer de sortir tous les deux, non ?

Pas particulièrement, mais il suffit que j'acquiesce pour la forme, pour qu'à moitié très à l'aise, à moitié rougissant, il acquiesce en retour, comme si c'était bien naturel.

— Je suis désolé. Mais on n'a jamais l'occasion de fréquenter le service compta, à part pour se faire rembourser nos faux frais, et si on aborde quelqu'un au bureau, tout le monde est aux aguets. Je n'avais pas d'autre choix que de te téléphoner comme ça sans prévenir. Mais je suis content que tu sois venue.

En fait, comme je suis du même genre que lui, sa façon de faire ne m'a pas surprise du tout. Il est comme moi, quand il se met quelque chose en tête, c'est violent. Quand il porte son choix sur quelqu'un, il le poursuit à outrance, comme moi. Le genre qui décide unilatéralement qui sera la femme de sa vie, le genre juste un pas en deçà du harceleur compulsif, un forcené du narcissisme. Je le comprends bien, Ni, c'est pour ça que je ne peux pas me montrer trop cruelle.

— En août, quand je t'ai parlé pour la première fois, tu m'as engueulé, tu te souviens ? Qu'est-ce que c'est que ce tableau comptable, tu m'as dit. En général, à la compta, quand une note de frais est mal présentée, les filles vont se plaindre aux cadres du service commercial qui se chargent après de nous engueuler, mais cette fois-là, tu m'as engueulé directement.

Une note de frais torchée en dépit du bon sens, moi, ça m'énerve. Retourner un tableau à l'envoyeur pour une erreur de calcul, c'est casse-pieds. Et puis, ce que pensent de la compta les autres sections n'est un mystère pour personne : « De toute façon, à la compta, vous pinaillez toujours, et d'ailleurs, c'est pas votre boulot de corriger les détails ? » Mais lui, il était de la même promo que moi, je n'avais donc pas à prendre de gants pour lui dire ses quatre vérités, et puis c'était vraiment n'importe quoi sa note de frais, alors j'ai juste profité que j'allais chercher un bordereau au service commercial pour passer le voir. Et il l'a mal pris.

— Tu m'as dit qu'il manquait le nom des personnes qui m'avaient accompagné, et la date, et la justification du fait que j'étais rentré en taxi, et que je présentais cette note hors délai, et que l'écriture était tellement pourrie que tu n'arrivais pas à me lire. Moi, à cette époque, j'étais complètement absorbé par un hyper gros *project*, je n'avais pas la

36

tête à une note de frais, pendant un bout de temps je l'ai eu mauvaise de me faire enguirlander par une fille de la compta, même promo ou pas. Mais en y repensant maintenant, j'ai trop honte d'avoir été aussi nul, même si en fait c'est juste que j'étais débordé, a-t-il dit en se grattant la tête avec un doigt d'un air gêné. Et puis ensuite, Etô, quand tu es revenue au service commercial la fois suivante, sur ton chemisier d'uniforme tu avais un post-it rouge collé à la poitrine, je ne pouvais pas en détacher les yeux. Tu ne t'en es sans doute même pas aperçue, le vice-chef de service avec qui tu parlais non plus et tu es redescendue à l'étage de la compta. Depuis ce jour-là je n'arrête pas de penser à toi.

Ces post-it rouges, ce sont ceux qu'on utilise pour classer les bordereaux à la compta. Il fallait finaliser les comptes de septembre, j'étais occupée, je ne m'étais même pas aperçue que j'avais gardé ce post-it à portée de main sur mon chemisier.

Moi, le seul souvenir que j'avais de Ni, c'était celui d'un type qui était venu me trouver avec une note de frais à mon bureau et qui m'avait parlé en me balançant la pointe de sa cravate rebiqueuse dans le nez, même que je n'avais pas aimé.

En sortant du karaoké, Ni m'a traînée dans un *gyûdon-ya*[1], puis encore toute la nuit à tourner, et

1. Sorte de fast-food servant un plat de lamelles de bœuf braisé et d'oignons sur un bol de riz, très bon marché, ouvert vingt-quatre heures sur vingt-quatre et fréquenté essentiellement par des hommes seuls, étudiants, employés de bureau, chômeurs, etc.

pendant tout ce temps-là il avait l'air d'avoir un truc à me dire. J'étais énervée à mort, et c'est seulement au petit matin à sept heures dans un Doutor, l'haleine empestant le café, qu'il est enfin passé aux aveux.

— Ça ne fait que deux fois qu'on sort ensemble tous les deux, tu vas sans doute être surprise, mais mes sentiments sont fermes, alors je me lance. Etô, s'il te plaît, tu ne veux pas être ma copine ?

J'avais l'intuition que c'était pour aujourd'hui, que pour la première fois de ma vie un garçon allait me faire une déclaration, et pour tout dire je me réjouissais grandement de cet instant depuis le début. C'est pour ça que je l'avais suivi toute la nuit sans protester, mais il faut avouer qu'en entrant dans ce Doutor, j'étais tellement exténuée qu'en l'entendant, mon premier sentiment, plus que la joie, a été, enfin ça y est, pas trop tôt ! Le café de l'aube que j'avais bu pour éloigner le sommeil s'était écaillé en plaques noires de brûlé au fond de mon estomac.

— Merci. Je vais y réfléchir.

— Bien sûr. Prends ton temps.

Il devait être soulagé d'avoir réussi à le dire, lui aussi a paru soudain fatigué. Son visage est devenu plus paisible et, les yeux clos, il s'est enfoncé dans la banquette.

J'ai un autre souvenir chéri de mon Ichi. Un souvenir très important pour moi, que je me remémore par exemple quand je reste prostrée chez moi dans l'entrée, encore en escarpins, trop déçue que la première déclaration de ma vie ait eu lieu dans un Doutor au petit matin, entourée d'employés de bureau sur le chemin du boulot, ou que cette déclaration n'ait même pas contenu les mots « Je t'aime ».

Cérémonie de clôture de la fête du sport, en deuxième année de collège. Au coin du terrain d'athlétisme, le camphrier qui faisait l'orgueil de l'école agitait son feuillage au vent. Les lignes de marques pour le relais à moitié effacées par les traces de pas, les bancs du public vides maintenant que les pères et les grands frères étaient partis, la tente blanche des officiels et des chronométreurs, les petits drapeaux de tous les pays pavoisés. Les élèves, assis par terre en rangs par classe, écoutaient le proviseur prononcer le discours de clôture de la journée. Au rez-de-chaussée du collège, derrière la fenêtre grillagée, on voyait les membres du club de radio s'activer. La voix du proviseur passait par le micro et sortait par le haut-parleur fixé au-dessus de la fenêtre du club de radio, avec parfois un effet de larsen occasionnel. Les élèves, après avoir tout donné, étaient maintenant exténués et avaient visiblement sommeil.

Quand, le discours du proviseur fini, l'hymne national a retenti dans le haut-parleur et que les élèves de la brigade des supporters ont amené le drapeau, la plupart des autres l'ont suivi des yeux d'un air endormi. Le *Hinomaru* national est descendu en ondulant sur le ciel bleu pâle qui commençait à virer au crépuscule.

Quelqu'un m'a touché l'épaule, je me suis retournée, c'était Ichi.

J'ai cru que mon cœur allait s'arrêter.

En principe, je le tenais à l'œil en permanence, mais à cause de la fatigue, j'avais oublié un instant, et quand nous nous étions mis en rang, je ne m'étais même pas aperçue qu'il se trouvait juste derrière moi. C'était une erreur, ça ne pouvait pas être lui qui m'avait tapé sur l'épaule. C'était quelqu'un qui me faisait une blague. Mais à part lui, tout le monde était en train de regarder le drapeau et je n'ai remarqué aucune autre réaction.

J'ai porté de nouveau mon regard vers le drapeau, mais cette fois, c'est le bas de mon maillot de sport que l'on a tiré. Je me suis retournée après un instant de réflexion, Ichi a penché la tête en faisant la moue.

— Qu'est-ce qu'il y a ?

— Regarde.

Voix basse d'Ichi. Grains de sable de la piste d'athlétisme ou cristaux de sueur, je ne sais, mais il avait une quantité de petits grains blancs sur le visage, et je les ai regardés intensément sous le bandeau bleu noué sur son front.

— Regarde-moi.

Qu'est-ce qui t'arrive ? Tu te sens triste tout d'un coup ? Jusqu'à ce que le drapeau soit complètement descendu, j'ai regardé Ichi, et pendant ce très court-long moment qui m'a semblé durer une éternité, j'étais au bord des larmes. Ichi a accueilli mon regard comme s'il lui était naturel d'être regardé par moi, le visage parfaitement calme, pendant que lui-même gardait les yeux baissés, tripotant le sable de la cour. L'hymne national terminé, quand la musique a enchaîné sur « Ce n'est qu'un au revoir », Ichi s'est mis à parler avec les autres garçons, j'ai repris ma position normale, mais mon cœur continuait à battre à tout rompre.

Aujourd'hui encore, je pense que c'est parce que je m'étais abstenue pendant si longtemps de le regarder en face que ce souvenir m'est resté. En tant qu'élève le plus populaire de la classe, habitué à monopoliser tous les regards, il devait être frustré que mon regard à moi soit le seul à lui échapper. Quelle morgue ! Décidément, c'était bien un prince. S'il n'y avait pas eu cette cérémonie de clôture, aujourd'hui, je ne me souviendrais peut-être pas de lui avec autant de force. C'est parce que cet instant a eu lieu, même si nous ne nous sommes quasiment rien dit, qu'un lien nous unit encore inconsciemment, j'en suis persuadée. Visage couvert de sueur séchée, cordons fatigués du bandeau aux couleurs de notre classe, à savoir bleus, rotules endolories des élèves à force de rester assis par terre. Cils d'Ichi baissés sur le sable qu'il tripotait.

4

C'est le jour où ma couette a manqué prendre feu et que j'ai failli mourir, que j'ai pris la décision de revoir Ichi, même s'il était adulte maintenant. Vers la fin novembre, en rentrant de la beuverie organisée un peu précocement par le bureau pour la fin de l'année, je m'étais couchée ivre sans même me démaquiller. Au milieu de la nuit, quand j'ai ouvert les yeux, la chambre était pleine de fumée. En rentrant en contact avec les résistances orange du chauffage halogène, un coin de ma couette avait viré au noir et dégageait de la fumée. Très calmement, je me suis levée, j'ai agité la manche de mon pyjama pour dissiper la fumée et j'ai coupé le chauffage, puis je me suis recouchée benoîtement, probablement sous l'effet de la rémanence alcoolique, juste un peu irritée d'avoir été tirée de mon sommeil.

Ce n'est qu'à l'aube que je me suis réveillée en sursaut. Vérification faite, rien ne brûlait, mais la chambre était toujours enfumée. J'ai ouvert la fenêtre, et quand j'ai arraché la housse de couette carbonisée, j'ai vu que le duvet d'oie de la garniture intérieure était à deux doigts d'avoir pris feu. Si la plume s'était enflammée, le feu se serait propagé en un rien de temps et, dans ma couette bien plus performante qu'une couverture électrique, je me serais endormie pour l'éternité.

Mes yeux, pourtant fermés pendant mon sommeil, étaient rouges des quelques heures que j'avais passées au fumoir. Quand j'ai mis mes lentilles de contact avant d'aller au bureau, cela m'a piqué si fort que les larmes me sont venues. J'ai cherché sur Internet ce qu'il faut faire quand on a brûlé sa couette. Il était écrit que, même en l'absence de flammes, le risque subsiste que le feu continue de couver à l'intérieur et que le mieux est de la plonger dans la baignoire. J'ai vite rempli la baignoire, et en serrant dans mes mains la boule molle du coin de la couette, je l'ai plongée au fond de l'eau, comme pour noyer un bébé.

J'avais vraiment manqué mourir par imprudence. Non pas en m'aventurant dans un quartier louche à l'étranger, ni en faisant du parachutisme, juste dans ma vie quotidienne. A la réflexion, si j'avais vécu jusque-là sans dommage, le monde n'en était pas moins un endroit dangereux. On frôle des voitures et des trains, on marche sous des tours du haut desquelles nul ne sait ce que les gens peuvent balancer, on se promène dans des endroits où il ne faudrait pas s'étonner de se faire agresser par un malade mental, et en jupe et talons hauts avec ça, comme ça on ne risque pas de pouvoir s'enfuir. En fait, c'était plutôt un miracle qu'il ne me soit encore rien arrivé. Surtout avec la carcasse à forte propension rêveuse et lunatique que je me trimballe, je risque de mourir à tout moment et je ne pourrai m'en prendre qu'à moi-même. Résultat : je ferais mieux de faire ce que j'ai envie de faire une fois dans ma vie tant que c'est possible. Or, qu'est-ce que je regretterais si je devais mourir maintenant ? De ne pas avoir revu Ichi. Oui, le revoir une dernière fois.

A partir de l'ordinateur du bureau, je me suis inscrite sur Mixi sous le nom d'une copine de classe de l'époque. Prenant exemple sur la façon dont Ni avait opéré pour me rencontrer, je n'avais moi aussi qu'à organiser une soirée d'anciens élèves de deuxième année de collège pour revoir Ichi. J'avais déjà un compte Mixi, créé à l'époque de la fac et laissé depuis à l'abandon, et c'est justement parce que ce réseau compte un grand nombre d'utilisateurs que c'est l'endroit idéal pour organiser des retrouvailles d'anciens élèves, mais j'ai laissé de côté ce vieux compte lié à l'adresse de mon PC et j'en ai créé un nouveau avec celle de mon portable. En profitant de la communauté des anciens élèves du collège, j'ai envoyé à tout le monde un message disant que je pensais organiser une soirée des anciens de la 2ᵉ B. Pas sous mon nom mais sous celui de cette ancienne copine de classe qui poursuivait actuellement des études à l'étranger et n'était pas sur les réseaux sociaux. Autre chose que j'avais appris de Ni : apparaître comme l'instigatrice du truc risquait de me faire griller quand j'essayerais d'approcher Ichi.

Je rentre tout juste des Etats-Unis et j'ai soudain eu envie de tous vous revoir ! Faisons une soirée des anciens de la classe dans l'izakaya le plus proche du collège. Si vous connaissez les coordonnées d'anciens camarades de la classe qui ne sont pas sur Mixi, transmettez-leur le message !

Les réponses ont afflué, et il a été rapidement décidé de faire ça le 2 janvier, pour profiter du fait que ceux qui étaient montés à Tokyo ou qui travaillaient ailleurs descendraient dans leur famille pour le Nouvel An. Mais il manquait l'essentiel : Ichi n'était pas sur Mixi et ceux avec qui il s'entendait bien à l'époque n'avaient pas ses coordonnées actuelles. Tout compte fait, il n'avait pas énormément d'amis, Ichi. Alors, aux grands maux les grands remèdes, j'ai appelé sa famille, dont l'adresse figurait en dernière page de l'album photo de fin d'études du collège. La mère d'Ichi a décroché, et quand je lui ai raconté, sous le nom de l'autre fille de la classe, que nous organisions une soirée d'anciens élèves, elle m'a expliqué que son fils travaillait maintenant à Tokyo.

Alors comme ça Ichi vivait maintenant à Tokyo, comme moi. Moi qui croyais, depuis que j'habitais seule, que nous étions désormais loin l'un de l'autre. J'ai fait comprendre à sa mère que quasiment toute la classe serait là, que nous tenions absolument à ce qu'Ichi soit présent, et je lui ai donné le jour, l'heure et le lieu de la soirée.

Et puisque je venais de téléphoner à la mère d'Ichi, j'en ai profité pour appeler la mienne. Depuis que je suis dans la vie active, je téléphone à ma mère environ une fois par semaine, et je lui dis encore tout. Les relations mères-filles qui s'entendent comme des copines, c'est très tendance, mais pour moi qui n'avais déjà pas énormément d'amis quand j'allais à l'école, ma mère a toujours été un substitut d'amie, disons même qu'elle a toujours été ma meilleure copine.

Son mi-temps comme caissière au supermarché l'occupe assez, mais le soir, elle me laisse gentiment lui tenir la jambe au téléphone.

— Allô, maman, ça va ? Au fait, pour le Jour de l'An je rentre. Il y a une soirée d'anciens élèves du collège.

— Ah bon ? C'est très nostalgique, ça.

— Super projet, pas vrai ? Mon premier amour y sera aussi, qu'est-ce que tu en penses ? Après tant d'années, un sentiment ancien qui enfin éclôt, tu crois que c'est possible ?

— Hum… Au lieu de rêver sur des probabilités

aussi infimes, il vaudrait mieux essayer que les choses prennent la bonne direction avec quelqu'un que tu as rencontré récemment, ce serait plus facile. Enfin, c'est ce que pense ta maman.

— Plus facile, peut-être, mais il n'y a pas de roman là-dedans.

— Roman, roman, hum… A propos, la fille des voisins d'en face vient de se marier. Tu te souviens, celle qui était toujours à répéter son piano ? Elle a un an de moins que toi. Et toi, rien en vue d'un peu… « flottant » ?

— Si si, j'ai un collègue de bureau qui m'a fait une déclaration. Mais moi, je veux un peu de roman.

— Une déclaration ! Et alors, que vas-tu faire ?

— Rien du tout.

— Dommage… Il y a des occasions qui ne se présentent pas deux fois, tu sais.

— Maman, me prendrais-tu pour une fille qui n'a absolument aucun succès auprès des garçons ?

— Ah bon, tu as du succès auprès des garçons ?

— Non.

— Ecoute, tu ne peux pas rester toute ta vie comme si tu étais encore étudiante. Tu ne veux pas parler un peu avec ton père ?

La voix de ma mère s'éloigne de l'appareil et je l'entends échanger quelques mots avec mon père qui se trouve lui aussi dans le salon.

— Bon, je te passe papa.

— Hein ? Ah non alors !

Déjà que mon père est un taciturne… Alors au téléphone, sans voir sa tête, comment avoir une conversation ? C'est mission impossible. J'ai raccroché.

Le jour de la soirée des anciens élèves, je suis allée à l'*izakaya,* non sans avoir informé tous ceux qui étaient sur Mixi, sous le nom de notre ancienne camarade, que j'avais la grippe et que je ne pourrais finalement pas venir. Le jour où elle rentrera de l'étranger et qu'elle apprendra qu'elle a organisé une soirée d'anciens élèves, elle risque d'être surprise. Elle l'apprendra d'ailleurs peut-être même sans revenir, en se connectant sur le Net. Mais, vu que j'ai clôturé tous les comptes que j'avais créés sous son nom dès que j'ai eu fini de les utiliser, je vois mal comment elle pourrait deviner que c'est moi qui me suis fait passer pour elle.

La soirée a donc démarré sans la présence d'aucun organisateur ni maître de cérémonie, mais la joie des retrouvailles a envoyé valser les hésitations. Pendant que les premières arrivées se prenaient les mains et exprimaient leur joie, je me contentais de fixer des yeux la cloison coulissante qui s'entrouvrait à chaque nouveau venu. Parmi ceux qui vivaient maintenant à Tokyo, un bon nombre étaient occupés par ailleurs ou n'étaient pas descendus dans leur famille, Nouvel An ou pas. Viendra ? Viendra pas ?

Quand la cloison s'est ouverte et qu'un homme de grande taille a passé la tête, j'ai bien sûr été la première à deviner qu'il s'agissait d'Ichi.

— Oh, Ichi ! Ça fait un bail ! Comment vas-tu ?

Un garçon a confirmé pour tout le monde que c'était bien lui, ce qui a fait monter l'ambiance d'un cran, et quand les garçons qui le poursuivaient toujours sont venus l'entourer et, comme autrefois, se sont amusés à lui sauter dessus et à lui coincer la tête sous leur bras, moi j'étais déjà trop occupée à retenir mes larmes.

Ah, Ichi, comme tu as grandi. Mince, tout en os, les mains et les jambes fines, tu avais l'air vraiment adulte. Mais tu riais et tes yeux se relâchaient, et exactement comme autrefois, autour de toi tout devenait chaud et lumineux. Tes cheveux… ah, quand tu étais jeune ils étaient un peu trop fins, hein, mais le sens de l'éphémère qu'exprime ce crâne, ça te donne du caractère, moi j'aime bien. Les autres garçons te traitaient comme un gamin et te sautaient dessus, mais tu ne montrais plus aucune peur comme avant. Tu avais grandi !

Comme de bien entendu, Ichi s'est assis le plus loin possible de moi. Décidément, cette constance des fils de nos destins à refuser de se nouer dépasse le désespérant pour atteindre le niveau de clarté des grandes évidences. En fait, le lien qui nous unit n'est même pas ténu, il a juste consisté à se trouver dans la même classe le temps de la deuxième année de collège, et s'est rompu tel quel à la fin de l'année scolaire. N'empêche que c'est quand même en tirant sur les brins que j'ai réussi à le revoir adulte. En exagérant à peine, quelques efforts suffisent et le destin, ça se change, finalement.

Il y a eu le toast général, je me trouvais bien dans le même espace qu'Ichi, mais nous étions assis si loin l'un de l'autre qu'il m'était impossible de lui parler. Et même si les choses allaient devenir plus informelles et les places commencer à s'échanger, les chances que je lui parle restaient réduites. Parce que, en supposant que je parvienne à m'approcher de lui, je n'avais aucune idée de ce que je pourrais bien lui dire. Mes sentiments avaient peut-être pris des proportions énormes, mais même si nous avions vécu, il y a douze ans, une année scolaire entière ensemble, à nous voir tous les jours dans la même classe et à partager les mêmes cours, en réalité nous n'avions pas échangé des paroles plus de trois fois en tout et pour tout.

— C'est super, Kimura ! Une société de premier rang, et au siège social encore…

— Alors tu habites à Tokyo, bien sûr ?

— Oui. Hatsudai.

J'étais sur le gril à regarder Ichi en vision périphérique pendant que me parvenait le son de la conversation de ceux qui étaient à ma table.

Kimura, un ancien camarade rondouillard qui avait été engagé à la maison mère d'un groupe coté au premier marché, transpirait mais semblait néanmoins aux anges. Mais bien sûr ! Le voilà notre point commun, à Ichi et moi : nous sommes des Tokyoïtes !

— Kimura ! Moi aussi, je travaille à Tokyo ! ai-je lancé en mettant brusquement les pieds dans la conversation.

Tout le monde s'est tourné vers moi.

— C'est vrai ? Dans quel quartier ? a embrayé Kimura.

— Ikebukuro ! ai-je dit en me levant d'un seul coup et en jetant un regard panoramique sur l'assemblée. Levez la main, tous ceux qui sont montés à Tokyo !

Mon cri avait fait le silence dans la salle.

Zut, ai-je pensé, je me suis un peu emballée.

C'est alors qu'à l'autre bout, à la place la plus éloignée, une main s'est levée lentement. Sans un mot, Ichi a levé la main droite jusqu'à hauteur du visage et s'est tourné vers moi, la tête penchée sur le côté. Genre plus mignonne fille de la classe.

Tous les pores de ma peau se sont dilatés et un frisson est parti des extrémités et remonté par mes membres avant de s'échapper par le haut de mon crâne.

— Venez par ici, qu'on en parle ensemble !

Hirata, une autre fille, s'est écriée qu'elle habitait à Kawasaki, et bien que légèrement à contrecœur, je l'ai admise dans l'équipe de ceux qui étaient montés « à la capitale » autour de Kimura.

Je dois être la seule à l'avoir remarquée, mais quand Ichi s'est déplacé pour nous rejoindre, une atmosphère différente s'est répandue autour de notre table. Quelque chose de mature, de généreux. Alors que Kimura parlait sans arrêt, Ichi se contentait de sourire et de hocher la tête, mais c'est lui qui avait la plus forte présence. Tout le monde avait bu et l'ambiance s'était passablement relâchée, mais Ichi restait calme jusqu'au bout.

— Puisqu'on habite tous à Tokyo, ça vous dirait pas qu'on se revoie entre nous ? j'ai proposé à Kimura sans regarder Ichi.

— Bonne idée ! Vous n'avez qu'à tous venir chez moi. Il m'arrive d'organiser des *nabe party* à la maison avec ceux du bureau.

Kimura est joufflu avec de petits yeux effilés, ce qu'on appelle un visage de bodhisattva, mais en cet instant, je l'ai vu comme un vrai Bouddha.

— Ah ouais, super ! Je veux y aller ! Il est comment ton appart ? a demandé Hirata en se rapprochant.

— Total en étage. Le seul ennui, c'est que tu passes un temps fou dans l'ascenseur. Mais la vue vaut le coup d'œil.

— Moi aussi, ça me dit bien de venir. Ça a l'air sympa. Merci, Kimura.

Et j'aurais bien voulu ajouter en gueulant : « Hé, Ichi, tu viens aussi, bien sûr ? Si tu viens pas, t'es qu'un gros nul ! » comme Giant quand il essaie de réunir du monde pour son show[1], mais à la place j'ai descendu mon *cassis sour* d'une main tremblante. Quel est l'imbécile qui m'a commandé un *cassis sour*, alors que je n'aime ni le cassis, ni le *sour*[2] ? Ah oui, c'est moi. Prise de court quand il a fallu donner ma commande, j'ai demandé sans réfléchir le premier truc qui m'est tombé sous les yeux, et me voilà maintenant obligée de vider ce verre d'alcool rouge violacé que je n'aime pas.

— Et toi, Ichinomiya ? Chez moi, n'importe quel samedi, celui que vous voulez…

— Bonne idée, mais ces temps-ci, je suis souvent au bureau le week-end, je ne peux pas vous promettre d'être libre le même jour que vous. Et comme je ne sais pas encore quand je pourrai, vous n'avez qu'à décider un jour entre vous. Si ça se goupille bien et que je peux, je viendrai.

Très prévenante façon de décliner l'invitation en faisant le grand détour. Dès qu'il est question de se réunir, il y en a toujours un pour dire : « Je viendrai

---

1. Giant est un personnage du manga et dessin animé *Doraemon*, un gros garçon un peu brutal mais avec un bon fond.
2. Long drink de *shôchû* (alcool distillé) et eau gazeuse, additionné d'un arôme.

si je peux, dites-moi juste la date. » En général, c'est celui qu'on ne reverra plus, alors que, tout de même, la moindre des politesses consisterait à dire : « Ça a l'air bien sympa, j'aurais aimé pouvoir venir. » Voyons, Ichi, qu'est-ce qui se passe ? Ça ne te dérangerait pas de ne plus revoir cette bande de bons copains d'autrefois, dont moi en particulier, c'est ça ? Autrement dit, en ce moment, tu ne t'amuses pas des masses, hein ? Ça ne fait pas très chaud au cœur, ça, mais bon, c'est ce côté-là que j'aime chez toi, mon Ichi.

— Oh non ! Déjà qu'on est à peine quatre, si en plus Ichinomiya manque, ce n'est pas marrant. On ne va pas se réunir juste à trois, quand même, a dit Hirata sur un ton de profond regret.

— Ah… ah bon ? a bafouillé Kimura qui se retrouvait comme un idiot avec sa proposition de faire ça chez lui.

Allons, Ichi, regarde comme tout se dégonfle à cause de toi. Il ne restait effectivement plus qu'à faire appel à son sentiment de culpabilité. Moi, je n'ai rien dit, mais j'ai baissé la tête d'un air très déçu.

— Non, non, loin de moi cette idée, je veux simplement dire que récemment j'ai très peu de week-ends libres et je ne voudrais pas vous obliger à vous régler sur moi pour convenance personnelle. Mais si vous voulez… Kimura, tu peux noter les jours qui me conviennent ? Ça va restreindre les possibilités, mais on peut faire comme ça.

Un peu qu'on peut ! Et on se débrouillera tous pour coller à tes disponibilités. Pas vrai, Kimura ? Tu mettras un peu d'ordre dans ta chambre, d'accord ? Et si Hirata ne peut pas ce jour-là, eh bien, on se passera d'elle.

La moisson de cette soirée d'anciens élèves avait été si abondante que je pouvais sentir la chaleur de mes joues sur le chemin du retour. Non seulement j'avais revu Ichi, mais j'avais la promesse de le revoir encore en petit comité ! Ichi au charme intact. Et d'une délicatesse ! Moins conquérant qu'autrefois, l'agilité, la vivacité qu'il mettait à filer entre les doigts de tout le monde et qui faisaient son charme à l'époque du collège s'étaient assagies, il était devenu d'une sérénité à ne pas croire qu'on avait pu être dans la même classe, sans rembourrage superflu, un homme sans échardes. Non pas parce qu'il avait vieilli, plutôt comme ces feuilles d'un joli vert tendre au printemps qui gagnent en force et virent au vert profond l'été venu : il était devenu adulte. Il prenait plaisir à parler et à boire avec chacun, mais sans dépasser la dose qu'il s'était fixée, pareil pour les amuse-gueules qu'il portait à sa bouche sans se goinfrer comme un inconscient, sans aucune vulgarité. Pupilles de ses yeux noir et blanc où se reflétaient les luminaires de l'*izakaya* quand il riait, longs cils baissés quand il sortait d'un geste posé les billets parfaitement pliés dans son portefeuille pour payer son écot à la fin de la soirée, tout chez lui m'appuyait sur des points d'acupuncture et mon niveau de pâmoison n'avait pas baissé d'un cran par rapport à l'époque du collège, où tout ce qui venait de lui était toujours du tout bon pour moi. Cette sorte de langueur chez le Ichi adulte était pour moi chaude comme un coucher de soleil, j'aimais sa silhouette, son allure tranquille, il avait grandi mais n'avait pas changé, j'aimais la forme de ses épaules carrées et son menton pointu.

5

— Tu es dans les nuages, je le sens.

Serré à côté de moi dans le taxi qui nous ramène, Ni réduit les distances. Physiquement, il sent la soupe, le consommé avec le gras qui flotte en surface qu'on vous sert en avion, le bouillon bien poussif. Dans une vie antérieure, il a dû être une portion d'*oden*[1]. Peut-être bien une aubaine quand on a le ventre vide, mais pas vraiment le genre qui donne envie de se blottir dans ses bras. L'attirance ou la répulsion pour l'odeur corporelle d'un homme dépend du patrimoine génétique, et plus les gènes des partenaires sont éloignés, plus les enfants seront solides et sains, dit-on. Enfin, laissons les enfants de côté et disons qu'objectivement l'odeur corporelle de Ni ne doit pas être si forte que

---

1. Plat bon marché d'hiver, fait d'ingrédients (œuf dur, navet blanc, *konnyaku,* laminaire, quenelle de surimi…) cuits dans un bouillon à la sauce de soja.

ça, mais le fait qu'elle m'indispose est à mon sens la preuve que nous ne sommes pas compatibles. Il paraît que plus deux individus, par exemple les membres d'une même famille, possèdent des gènes proches, plus l'odeur de l'un est désagréable à l'autre, ce qui doit vouloir dire que nos gènes, à Ni et à moi, sont structurellement proches. Et d'une certaine façon ça ne m'étonnerait pas, parce que même si on ne peut pas dire que ça clique particulièrement bien avec Ni, comparé à Ichi, on a quand même des profils assez similaires.

Quand je fixe mon regard sur Ni à côté de moi, c'est exactement ce que je ressens : il m'est encore plus indifférent depuis que j'ai revu Ichi, son visage est devenu 30 % plus grossier à mes yeux qu'avant. Sa bouche tout le temps en train de bouger m'évoque un gros caoutchouc qui se tend et se relâche.

— Depuis le début de la journée, tu penses à autre chose, qu'est-ce qui se passe ?

— Rien du tout.

— D'ailleurs, dis donc, tu pourrais peut-être me donner ta réponse ? Ça fait un bout de temps déjà.

— Désolée, je n'ai pas encore pris ma décision.

Ni laisse échapper un petit rire involontaire et se tasse derrière le dossier du chauffeur.

— Qu'est-ce qui t'arrive ?

— C'est juste que je me dis, l'amoureux est toujours perdant.

Que veut-il dire par là ? Que j'ai l'avantage sur lui ? C'est quand même lui qui est tombé amoureux de la première fille qui passait et qui a décidé de la suivre. Et ça parle de défaite en prenant des airs de victime ? Comme si c'était moi qui lui tournais autour. Alors là, bien joué pour le retournement de responsabilité ! Cette façon de présenter les choses, c'est un peu l'histoire de celui qui râle que c'est toujours à ceux qui ont un panier vide qu'on n'offre pas de fleurs.

— Moi, je vais te dire les choses comme je les vois, parce que je déteste le mensonge et qu'en gros je sais ce que tu penses de moi, Etô. Tu te dis que tu ne m'aimes pas suffisamment pour sortir pour de bon avec moi, je sais. Mais si c'est ça, j'aimerais bien que tu me le dises le plus vite possible, voilà ce que je pense, sincèrement.

C'est très bien la sincérité, mais ça manque de charme. En tombant amoureux, il est devenu sincère et du coup tout le charme a disparu. Je n'y suis pour rien, mais ça fait presque pitié, une maladresse pareille. Il croit être sincère, mais ce n'est pas la profondeur de son affection qu'il montre, c'est tout bêtement celle de son ambition. Parce que se vouloir sincère pour celle qu'on aime n'est qu'une forme d'ambition égoïste, évidemment.

Si je lui étais totalement indifférente, alors là ce serait magnifique. Il serait assis tout au bout de la banquette du taxi, il aurait oublié jusqu'à mon existence et regarderait le paysage par la vitre, plongé dans ses pensées, pendant que je le dévorerais des yeux. S'il se refroidissait tout d'un coup après m'avoir répété « je t'aime je t'aime », je pourrais peut-être tomber amoureuse, par compassion. Je voudrais le voir épuiser son amour avec sincérité, au lieu de me servir sa technique du rentre-dedans. S'il me répondait normalement avec un regard indifférent quand je lui adresse la parole au bureau, je pourrais éventuellement tomber amoureuse, de même que la chaleur de mon corps finirait bien par se transmettre à une dalle de marbre si je me couchais dessus. Mais comme ça, sa chaleur étouffante pompe jusqu'à la moindre parcelle de ma chaleur à moi, si bien qu'intérieurement je ne peux m'empêcher de le repousser en permanence. Mes sentiments pour lui ne peuvent se développer que sur un champ sec, froid et poudreux.

Il est vrai que si j'attaquais Ichi de front comme Ni m'attaque actuellement et qu'Ichi m'évitait comme j'évite Ni aujourd'hui, j'en mourrais d'abord de désespoir avant de piquer une crise à m'en arracher les boutons de mon chemisier. Fais pas ton égoïste ! Fais pas ton méchant ! je lui dirais. Le feu de l'amour n'a pas de manette de réglage du gaz, c'est ça qui est magnifique ! Et tout en lui débitant mon sermon en agitant le doigt, dans les tréfonds de mon cœur je couverais de charmantes pensées sur la nécessité de m'aimer telle que je suis et sous toutes mes formes, y compris celle qui se plaît à faire des sermons pénibles. Qui aime n'est pas libre d'être aimé. Et qui comprend les sentiments des deux partis s'en trouve paralysé de désespoir.

La respiration légèrement altérée, Ni pose sa tête sur mon épaule. Elle dépasse bien de la moitié et les cheveux du sommet de son crâne me gratouillent le cou. Pourquoi dois-je prêter mon épaule à un type plus costaud que moi ? C'est le contraire, en principe, non ? Avec son index, Ni se met à me picoter les flancs.

— Arrête, quoi, tu es soûl, arrête de me piquer comme ça.

— Aloreuh, c'est quoi ta réponseuh, fait-il d'une voix caressante.

Cette fois, il me pince la peau entre deux doigts. Ses blagues sont d'un pitoyable ! Il veut peut-être jouer au mignon petit garçon, mais il ne réussit qu'à m'ennuyer. Si encore il faisait ça ailleurs que dans un taxi en présence du chauffeur…

Je l'ai repoussé de force et il s'est mis à bouder de son côté en regardant par la vitre en silence.

Nous marchions tous les deux dans Ikebukuro en sortant du bureau, quand je me suis soudain aperçue que nous étions tout près de Virgin Road. La nostalgie m'a prise à me retrouver dans ce quartier qui était mon Lieu Saint quand j'étais dans ma période *otaku* active et j'ai eu envie d'aller à Animato. Mais à peine à l'intérieur, Ni est devenu tellement nerveux que, le temps de me précipiter au rayon mangas, il s'était déjà fondu par mimétisme dans le pan de mur à côté de la sortie. Il m'avait déjà fait le coup en discothèque : dès qu'on va dans un endroit qui ne l'intéresse pas, il montre une urgente envie de partir. Il ne comprend absolument pas le bonheur qu'on peut éprouver à voir quelqu'un s'intéresser à ce qui vous intéresse.

J'aurais aimé tout voir, des bandes dessinées du rez-de-chaussée aux figurines du cinquième. Ce qui m'a valu un « T'as qu'à y aller un autre jour toute seule », évidemment. Il pourrait quand même m'accompagner puisqu'il n'a rien de mieux à faire.

Devant les posters des dessins animés récents, j'ai eu envie de faire ma crise genre vieux fossile, parce que les dessins animés, décidément, ce n'est plus comme avant. Maintenant on a des personnages qui montrent des têtes très agressives, avec des expressions comme les statues de gardiens courroucés à la porte des temples, et des filles en uniforme de collégienne avec leurs jupes roulées. Sur des affiches, autrement dit dans l'espace public, tout de même. Dans les posters de groupe, avec une foule de personnages dessinés ensemble, on a des filles rougissantes avec les pommettes rouges, des filles en sueur qui giclent de transpiration, des filles dans les nuages qui ont l'air de penser à autre chose. Moi, les personnages des dessins animés que j'aimais pouvaient aussi avoir toutes sortes d'expressions dans le cours du récit, mais dans le générique ou sur les posters, ils avaient une expression ferme et volontaire, pas des sentiments ambigus ou tarabiscotés. Maintenant, dès le début tous les indices sont donnés, une rougeur, des lunettes, pour que du premier coup d'œil tu devines leur personnalité, la gagnante, la gaffeuse et ainsi de suite. Bien aimable, mais c'est d'un ennui ! Moi, je veux voir des dessins animés dont les personnages ont au moins la décence de se tenir correctement en public, avec un sourire de bon aloi et pas en tenue débraillée.

— Ça m'étonne un peu que tu aies des goûts comme ça. Bon, moi aussi je lisais *Jump*[1] quand j'étais gosse…

Il riait jaune, mais pour notre précédent rendez-vous c'est quand même lui qui m'a emmenée pêcher dans un torrent de montagne où il faisait tellement froid que l'haleine s'échappait toute blanche de la bouche. Loisirs de pleine nature, ah oui, ça fait joli dit comme ça, mais à ce niveau-là c'est carrément de l'ascèse spirituelle. J'ai poireauté toute une demi-journée sans que morde un seul poisson, par trois fois il a fallu que je me pique les fesses aux herbes en guise de toilettes, et lui, il ne peut même pas supporter dix minutes à Animato !

---

1. *Shûkan Shônen Jump*, hebdomadaire de mangas pour les garçons d'âge scolaire.

Il croit qu'il lui suffit de s'être déclaré pour que les choses se clarifient dans un sens ou dans l'autre, qu'il soit exaucé ou pas, il a dit qu'il attendrait ma réponse le temps qu'il faudrait, comme un homme, mais en fait dès qu'on le fait attendre il piétine d'impatience.

— Je descends ici.

— Hé, on n'a pas fini de parler.

J'allais payer mais il m'a devancée en donnant un billet au chauffeur.

— Dix mille yens pour une course de base, je vais pas avoir la monnaie. Vous n'auriez pas plus petit ?

— J'ai que ça, qu'est-ce que vous voulez que j'y fasse ! Vous bossez en contact avec le client, c'est à vous de vous débrouiller pour avoir la monnaie, a maugréé Ni d'une voix pâteuse.

Je l'ai poussé de force hors du taxi pour éviter le pire et j'ai payé. Il est sorti en faisant un bruit mécontent avec sa bouche.

— Bon, moi je rentre.

— On est où ici ? Et je fais quoi, moi, mainte-nant ? a-t-il dit d'un air excédé en regardant autour de lui le quartier où j'habitais et où manifestement aucun taxi ne passait. Il habitait bien plus loin, et comme il m'avait raccompagnée, il ne pouvait plus rentrer chez lui.

— Tu veux dormir chez moi ?

— Non non. T'as pas envie, pas vrai ? Je te touche à peine que déjà tu sautes au plafond, alors…

Quand il est soûl, il n'arrive plus à cacher son énervement et je n'ai pas très envie de lui tenir compagnie alors que je suis moi-même sobre, cela me fait un peu peur.

— Si tu crois que c'est confortable d'attendre ta réponse la jambe en l'air comme ça. Si c'est non, je préférerais que tu me le dises tout de suite et qu'on n'en parle plus.

Il a une grimace triste qui renforce mon sentiment de culpabilité. Même si me forcer à donner ma réponse peut entraîner un résultat négatif, il a besoin de connaître mon sentiment. Il souffre, coincé dans cette situation. Il affronte les risques avec courage et honnêteté, alors que de mon côté, je ne lui ai pas encore ouvert mon cœur, je ne lui ai pas encore parlé d'Ichi. Son angoisse peut se comprendre.

Quand il a compris que je ne dirais rien, il est parti du même pas agacé en direction de la rue qu'avait empruntée le taxi.

— Moi je crois que tu pourrais. Il est sérieux dans son travail et il a l'air du genre fidèle. Et puis il est super amoureux de toi, ça compte, quand même, m'a dit Kurumi alors que nous avions pris nos aises sur les tatamis de la salle de pause après avoir mangé nos *bentô*. Kurumi est mince, élancée et pâle comme si elle avait été élevée à la laitue et juste un peu de poussière d'étoile de veau bien tendre. Elle cligne lentement des paupières qui cachent ses grands yeux. Autant dire qu'on la repère facilement à la compta où le style est plutôt dans le discret et le sobre. On est les deux seules de la même promo dans le service et je suis très fière qu'elle m'aime bien.

— Hum. Un très gentil garçon, c'est sûr, mais je préférerais me marier avec celui que j'aime pour de vrai.

Cela fait ricaner Kurumi.

— Ah oui, ton Ichi, c'est ça ? Celui à qui tu n'as jamais parlé ? Tu es sûre qu'il est vraiment comme tu crois ?

— Oui. J'en suis sûre. Je l'ai observé à fond quand j'étais au collège.

— Il a pu changer en devenant adulte.

— Oh pour ça, il a changé. Mais ses fondamentaux sont restés les mêmes, à mon avis. L'autre jour, je l'ai revu à une fête d'anciens élèves, il a toujours ce sourire lumineux mais distant qu'il avait déjà au collège.

— Ton Ichi, il a peut-être revu celle qui l'aime en secret, mais il n'est pas encore sorti une seule fois avec elle, n'est-ce pas ? Alors parler mariage, n'est-ce pas aller un peu vite en besogne ?

— Oui, mais à partir de cette année, je vais le revoir, et je n'ai pas l'intention de me contenter d'une relation amicale.

Si je me marie avec Ni, je me moque de ce que sera ma vie. Quelle tête auront mes enfants, quel nom je leur donnerai, quel avenir je rêverai pour eux, ça m'est complètement égal. Si c'est une Sonoko, je l'élèverai en Sonoko ; si c'est un Yûta, je l'élèverai en Yûta. Alors que si j'épouse Ichi, je vivrai dans l'angoisse perpétuelle qu'il se débine. Bien sûr, on a envie d'épouser quelqu'un qu'on aime, mais serait-il possible qu'il vaille tout de même mieux ne pas épouser quelqu'un qu'on aime trop ?

— Dis, Kurumi, continuer de sortir avec lui même si c'est pour ne jamais lui donner une réponse favorable, d'après toi, est-ce que ce serait mal ? Comme si je le gardais en réserve ?

— Mais non, pourquoi pas. C'est important, tu peux prendre ton temps. Pas besoin de se presser.

— Ça me rassure de te l'entendre dire.

Kurumi se met à rire, et autour de sa langue rouge et souple, j'aperçois ses petits bonbons blancs.

— Il serait peut-être pas mal comme partenaire pour la première fois, dit-elle à voix basse. Je pense qu'il fera ça gentiment. Et c'est un fidèle.

— Si je le fais, tu me donneras des conseils ? Je ne voudrais pas qu'il sache que c'est la première fois.

— Des conseils ? Moi ? se met à rire Kurumi.

— Vous pouvez éteindre, s'il vous plaît ? nous lance une collègue plus ancienne qui a mangé son *bentô* à l'écart avant de retoucher son maquillage.

Nous fermons les rideaux de la fenêtre toute proche, nous éteignons l'électricité, puis nous nous allongeons dans la pièce plongée dans la pénombre. Pendant la pause de midi, une fois les *bentô* avalés, nous sommes une dizaine à dormir une vingtaine de minutes avant la reprise de l'après-midi. En uniforme, les cheveux étalés sur les tatamis, nous sommes comme des poupées endormies, interrupteur coupé.

Il y a une chose que j'ai conservée bien malgré moi jusqu'à maintenant. Ma virginité. Quand je pense que des filles de mon âge ont déjà accouché et assurent chaleur et protection à une vie fragile alors que moi, la seule chose que je garde au chaud c'est ce truc inutile, je me déteste. Mais d'un autre côté, je n'ai pas envie de sauter sur le premier venu pour en finir une bonne fois pour toutes. Coucher avec un partenaire que je n'aimerais pas juste pour perdre ma virginité, j'ai peur qu'après ça les choses se passent d'abord normalement et puis que petit à petit je me mette à ruminer toute seule des regrets irrattrapables pour finir par tourner toutes les nuits autour de l'étang Shinobazu du zoo d'Ueno à chercher où est passé mon pucelage. Pour moi, la virginité, c'est comme la petite housse pour ranger le parapluie, attachée à la poignée quand il est tout neuf et qui est restée impeccable alors que le parapluie, lui, est complètement usé et plein de marques de doigts partout. On voudrait bien s'en débarrasser, mais on se dit qu'on ne sait jamais, ça sert peut-être à quelque chose, et finalement on la laisse là. Si on la perd par hasard, tant pis, mais la perdre exprès, quand même pas. Enfin, si Ichi voulait bien l'effeuiller gentiment, là évidemment, je ne protesterais pas.

Le bruit d'une respiration endormie m'est parvenu à côté de moi, j'ai regardé Kurumi dormir dans la pénombre. Son visage dans le sommeil semble doué d'intelligence, contrairement au mien qui se répand mollement sur le côté comme un flan démoulé, avec les yeux et le nez qui ont l'air d'avoir fondu. Savoir être parfaite même en dormant, c'est quand même génial. Moi, en phase de sommeil profond, je ronfle la bouche ouverte, il m'arrive de me réveiller moi-même. Kurumi, non seulement je ne l'ai jamais entendue ronfler, mais même pas siffler à cause d'un nez bouché. Sa respiration est toujours nette. La beauté, ce n'est pas seulement par petits bouts, le visage ou le corps, des gestes ou un sourire, c'est aussi conserver cette beauté même dans l'inconscient du sommeil. Ses doigts qui serrent son portable en dormant sont décorés d'élégants *french nails* blanc et beige sur lesquels scintillent de petits brillants de strass. Si j'avais comme elle la grande classe de la tête aux pieds, je serais plus entreprenante avec Ichi.

Au bout de vingt minutes, les portables dans les mains se mettent à vibrer, nous nous levons, et après nous être refait une beauté chacune de notre côté, nous quittons la salle de pause.

Les gratte-ciel d'Ikebukuro se découpent dans les baies vitrées du bureau et d'un côté ou de l'autre on entend en permanence un bruit de chantier. Ces derniers temps, c'est l'immeuble d'en face qui est en travaux, une bâche en plastique recouvre le bâtiment en démolition. Dire que je passe devant tous les jours pour venir au bureau et que je ne me rappelle absolument pas comment il était ni qui l'occupait. De gros câbles pendouillent par la fenêtre : ce sont les gens de la société de nettoyage. Quand j'étais nouvelle dans l'entreprise, la première fois que j'ai vu un type laver les vitres, suspendu à deux simples câbles au huitième étage où nous travaillons, j'ai été tellement surprise que je suis restée à le fixer des yeux, et quand nos regards se sont croisés, je l'ai salué d'un léger signe de tête, comme pour le remercier. Mais maintenant je l'ignore royalement, comme les anciennes. Pareil pour la dame qui vient tous les jours à quatre heures de l'après-midi vider les corbeilles. J'avais trop honte d'être la seule à lui dire « merci beaucoup, madame », alors j'ai arrêté. Ils sont payés pour ça, et si ça se trouve, peut-être bien que ça les dérange au contraire, qu'on leur témoigne de la reconnaissance tous les jours. Pendant que je me répète cette belle excuse à voix basse, la dame s'accroupit à mes pieds et tire à elle la corbeille pleine, puis passe sans rien dire, la respiration altérée.

Quand je fais du vrai travail de compta, que je vérifie à la calculette les factures rédigées en dépit du bon sens provenant de toutes les divisions de l'entreprise ou les bordereaux de la section commerciale, puis que je rentre toutes les données sur une feuille Excel, mes seuls soutiens sont la colère et le mépris. Mépris pour ces employés qui ne savent pas faire une addition correcte, colère contre ces chiffres tellement énormes que je n'arrive même pas à les lire. Je corrige les additions, je fais mettre les chiffres au garde à vous, je soumets le tout à mon supérieur après avoir tripatouillé juste ce qu'il faut pour que ça tombe juste, et quand j'obtiens sa validation, je pousse un gros soupir comme quand je réussis à aligner dans l'ordre du premier au dernier les volumes d'une série manga sur mes étagères. On dit souvent que si on a atterri à la compta, c'est qu'on est fort en calcul, mais moi j'étais une littéraire à l'origine, et de tête, sans calculette, je ne sais même pas faire une addition à deux chiffres.

6

— Vous voyez cette clarté de ce côté-là, malgré la nuit ? C'est Shinjuku. Même quand le soleil est couché, il ne fait jamais complètement noir. La première fois que j'ai vu le ciel nocturne de Shinjuku, cette sorte de lueur grise et incertaine, je me suis demandé à quelle heure tombait la nuit ici. Je ne sais pas si c'est la pollution qui brouille tout ou si ce sont les néons qui font trop de lumière. Les deux, probablement. Et là-bas, ce groupe de tours un peu plus petit, c'est Shibuya.

Kimura habitait au vingtième d'une tour de trente-deux étages. De sa terrasse, on avait une vue panoramique de Tokyo, on n'entendait plus rien de l'agitation d'en bas, seulement le vent qui soufflait fort.

— C'est la première fois que je regarde en bas d'une telle hauteur. Dans quel endroit extraordinaire nous vivons, vraiment ! Quelle différence avec le paysage nocturne de chez nous au pays, a murmuré Ichi accoudé à la rambarde, le menton dans la main, légèrement penché en avant et tourné vers la direction que Kimura pointait du doigt.

— Ichinomiya, tu n'es jamais monté à la Tour de Tokyo ?

— Jamais.

J'aurais voulu intervenir et dire que c'était plutôt rare pour un provincial de n'être jamais monté à la Tour de Tokyo, mais ma gorge s'est coincée sous l'effet de la tension. En fin de compte je n'ai rien dit.

— Que c'est beau, la nuit ! Ça brille partout, où que se porte le regard. Quand on la contemple d'en haut comme ça, on a vraiment l'impression que la ville nous appartient, pas vrai ?

Hirata se penchait par-dessus la rambarde, très exaltée, et regardait le panorama dans tous les sens. A la grande satisfaction de Kimura.

— J'hallucine ! s'était-elle écriée sans retenue dès son entrée dans l'appartement.

Elle s'y entendait pour faire plaisir aux hommes, manifestement. Moi, j'avais juste fait un genre de « oh ! » mal assuré que personne n'avait entendu.

Personnellement, je ne suis pas fan de la vue de Tokyo la nuit, uniformément couverte de bouts de verre lumineux et dont les rares espaces verts correspondent aux taches sombres que l'on voit de-ci de-là. Plutôt que de dominer le monde d'un bâtiment de trente-deux étages, je préfère me sentir surplombée et comme protégée par des montagnes qui m'entourent. Je suis plus attirée par les nuits bien noires de ma ville natale et je ne trouvais pas ça si excitant que ça.

— Et là-bas, c'est la grande roue d'Odaiba.

Au bout de l'index de Kimura, se profile la grande roue, avec ses néons en spirale qui changent de couleur en tourbillonnant, comme un *naruto*[1] dans une soupe de nouilles.

Me tournant sur le côté, j'ai vu Ichi, les bras posés sur la balustrade, penché en avant le menton sur les mains, en train de regarder la grande roue. Je l'avais oublié pendant le court instant où j'avais pensé à ma ville natale, ce qui m'a permis de poser les yeux sur lui avec naturel. Il n'a absolument pas remarqué que je l'observais, il regardait au loin avec un léger sourire. L'haleine blanche qui sortait de sa bouche était rabattue par le vent sur le bout de son nez. Son apparence d'autrefois, qui était restée pour moi presque fantomatique tellement je l'avais peu souvent vu de face, son visage de l'époque du collège dont les contours m'échappaient peu à peu à force de le regarder de profil, m'étaient devenus impossibles à retrouver.

---

1. Rondelle de surimi cuite à la vapeur, avec un motif de tourbillon rose coloré dans la masse.

— Kimura, il fait froid, rentrons.

J'ai emboîté le pas du collègue de Kimura qui retournait au salon, la tête dans les épaules, Ichi a cessé de regarder le panorama et suivi Kimura à l'intérieur, lui aussi. Outre les anciens camarades de classe – moi, Ichi et Hirata qui vit à Kawasaki –, deux collègues de travail de Kimura étaient là, un garçon et une fille. Comparé à ses collègues, du même âge que nous et que des parents de la capitale hébergeaient semble-t-il chez eux, Kimura était nettement plus aisé, raison pour laquelle c'était son appartement qui leur servait habituellement de lieu de réunion. Kimura et ses collègues ont préparé le *chige nabe*[1] de leurs mains expertes pendant que nous, les camarades de classe, n'avions quasiment rien à faire jusqu'au moment de trinquer.

Un peu aussi parce que la présence d'Ichi me rendait nerveuse, je ne parlais presque pas. Quand Kimura a essayé de m'impliquer en faisant remarquer que je ne buvais pas beaucoup, est-ce que je supportais mal l'alcool ?, j'ai eu envie de répondre façon *kawaï*, trop mignon, en secouant la tête : « Quand ze bois trop, après mon pipi sent mauvais, z'aime pas ! », mais je n'étais pas persuadée que cela fasse si *kawaï* que ça, en fin de compte. Ma période

---

1. Plat d'origine coréenne, marmite composée généralement de tôfu, de *kimchi* (chou chinois pimenté), de poisson et de légumes de saison, que l'on prépare sur la table et mange en commun.

otaku a duré tellement longtemps que maintenant, dans le monde réel, je ne sais plus très bien quelle attitude suscitera quelle réaction. Au boulot, c'est du contexte officiel, il suffit de rester attentive pour garder les pieds sur terre, mais en privé, du tac au tac, je ne sais pas toujours répondre comme il faut.

Hirata et la collègue de Kimura se sont bien activées, anticipant à merveille les assiettes vides, allant chercher les bières fraîches à la cuisine au moment opportun. Kimura et son collègue masculin les remerciaient généreusement avec de grands signes de contentement. Mais leur jeu était tellement ostensible que, de mon côté, il ne me restait plus qu'à tenir le rôle de la gosse qui ne fait pas un geste pour aider ses parents, qui attend que la nourriture lui tombe dans l'assiette, les fesses trop lourdes pour se bouger de sa chaise. Ichi m'ôtera-t-il des points au titre de la fille qui ne s'intéresse pas à ce qui se passe autour d'elle ? Mais le monde féminin est plus complexe que ça, mon cher, et si certaines croient pouvoir monopoliser le rôle de la fille lumière qui ne reste pas un instant les mains inoccupées en me signifiant avec un grand sourire « non non, reste assise » au cas où je lèverais le cul de ma chaise pour aider, elles en resteront pour leurs frais. Moi aussi, je sais servir à manger, là je ne le fais pas c'est tout, alors ne va surtout pas t'enticher d'une

Hirata qui sert le riz sans même mouiller la spatule et qui en colle partout !

Quand tout le monde a eu le ventre rempli après avoir bien mangé et bien ri et que la conversation s'est relâchée, les filles ont baissé leur garde. Et si au début du repas elles se montraient affairées à servir la bière aux garçons ou à distribuer la salade dans les petites assiettes, dès qu'elles ont été rassasiées, on les a vues racler les morceaux collés dans leurs assiettes avec leurs baguettes comme des malpropres, et en mettre partout sur la table, et ramasser les miettes pour les manger, et rire la bouche grande ouverte avec des têtes de soûlardes. La prétendue prévenance empressée, ça ne dure jamais bien longtemps.

Et voilà le moment que j'attendais ! C'est là que je suis prête à montrer ce que je sais faire. J'empilais les grands plats pour les emporter à la cuisine quand Kimura a dit :

— Laisse, je rangerai après.

— Ah bon ? Je vais quand même débarrasser le plus gros.

— Non, reste assise, ne te donne pas ce mal.

Ntt ntt ntt ! Pendant que tout le monde s'amuse, dans l'ombre, je vais tout ranger et me charger des corvées, c'est ça mon rôle. Je mets la marmite où reste un fond de bouillon et de chou dans l'évier, je débarrasse les assiettes, et après un instant d'hésitation, j'empoigne l'éponge, j'ouvre le robinet et je m'apprête à faire la vaisselle. Kimura se précipite :

— Non mais laisse, c'est pas la peine ! On parle tous ensemble. C'est pour ça qu'on est là, pas vrai ?

— Mais tu as vu cette quantité de vaisselle ? Laisse-moi faire et continuez à parler, je vous écoute en lavant.

— Non non, je te dis, c'est vraiment pas la peine.

— Oh nooon ! Laisse-moi rendre service ! Je veux rendre service ! s'est écrié le collègue de Kimura comme une blague, ce qui a fait ricaner les filles.

Ah d'accord, il faut savoir lire le contexte, c'est ça ? Alors comme ça, ma gentillesse se retourne contre moi ?

Je suis revenue à ma place, sauf que je me suis aperçue que j'avais toujours l'éponge à vaisselle à la main, donc je suis retournée à la cuisine, et là bien sûr, personne n'a rien remarqué, j'ai ouvert le robinet mais cette fois sans faire de bruit, juste un filet d'eau pour me rincer les mains.

Ichi riait en écoutant les autres parler, la position la plus facile. Qu'il garde les lèvres serrées ou donne la réplique en riant au collègue de Kimura qui essaie de le faire boire, il ne laisse pas remplir son verre plus qu'il n'en a l'intention, comme lors de la soirée des anciens élèves. Il est le même qu'au collège, apparemment buté mais en fait un tendre, se positionnant toujours à distance. Ses fondamentaux n'ont pas changé, c'est toujours le même Ichi aux craintes si sexy.

Après avoir bu tant et plus, le collègue de Kimura s'est endormi au pied du canapé en chemise comme il avait quitté le bureau, Kimura et sa collègue étaient partis acheter des glaçons mais ne revenaient pas. Avant de sortir, Kimura avait étendu deux futons dans sa chambre pour que ses anciens camarades de classe puissent dormir, mais finalement, une fois démaquillée, je me suis retrouvée toute seule dans la chambre.

Quand je suis allée voir ce qui se passait au salon, j'ai trouvé Ichi et Hirata côte à côte se disant des choses à voix basse. Ichi parlait, Hirata riait, et aucun des deux ne s'apercevait que j'étais là derrière eux. Hirata faisait un peu la fille soûle et regardait Ichi l'air pendue à ses lèvres, jambes allongées, ses pieds aux ongles vernis dans ses bas tournés vers l'intérieur pour que les yeux d'Ichi tombent dessus. Mais je ne me suis surtout pas affolée, parce qu'il est dans la nature d'Ichi que les gens s'intéressent à lui, et il ne faisait rien d'autre que tenir compagnie à Hirata, qui de toute façon s'allume dès qu'elle voit un homme. C'était clair.

— Oh ! Tu m'as fait peur ! s'est écriée Hirata quand je suis passée à côté du canapé pour m'asseoir à la table, sans que cela m'émeuve le moins du monde.

J'ai essuyé avec un mouchoir en papier les taches de soupe et les bouts de tôfu qui avaient volé un peu partout, pour me faire un coin de table propre, j'ai pris une feuille de papier de la réserve du fax et j'ai commencé à dessiner Pafutt-futt le Prince né.

— Qu'est-ce que tu fabriques ? a demandé Hirata.

Je n'ai rien répondu. Hirata a murmuré à Ichi quelque chose comme « Qu'est-ce qui lui arrive, elle est bourrée ? », puis ils ont recommencé à se raconter leurs souvenirs en m'ignorant.

J'ai plusieurs fois deviné que Hirata agitait son menton effilé de haut en bas pour acquiescer, genre « tu peux tout me dire, tu sais », et je percevais bien une ambiance de rires réprimés pour que je n'entende pas. La pensée m'est venue qu'ils étaient en train de dire du mal de moi et j'ai cru que tout ce que j'avais mangé aujourd'hui, le *nabe*, les amuse-gueules, tout se mélangeait et allait me ressortir par la bouche en une sorte de sauce tiède à tremper pour l'apéritif. Il vaudrait mieux rentrer vite fait, j'ai pensé, mais ma main qui dessinait Pafutt-futt le Prince né ne voulait pas s'arrêter.

Pafutt-futt aux yeux doux et tombants, souriant l'air de se foutre de tout, ses cheveux fins en coupe champignon. Il y avait les ronflements du collègue de Kimura, les gloussements de Hirata, j'ai fait de la résistance en faisant le plus de bruit possible avec mon stylo sur le papier.

— Qu'est-ce que tu écris ?

Cette fois, Hirata ne pouvait plus m'ignorer, et Ichi aussi s'est tourné vers moi. Est-ce parce que je persistais imperturbablement à faire courir mon stylo sur le papier à l'autre bout de la table, qu'elle ne pouvait plus faire comme si de rien n'était ? Ou peut-être que ma présence la dérangeait ? Toujours est-il qu'elle a renoncé à poursuivre sa conversation avec Ichi et, prenant sa voix la plus joviale, est venue voir ce que je fabriquais.

— Oh ! Trop mignon ! C'est un *kyara*[1] ?

— Un personnage de ma création, oui. Tiens, cadeau.

Se retrouvant d'autorité avec la feuille dans les mains, elle a murmuré « Hein ? Mais j'en veux pas de ce… » mais l'a pris quand même.

— Tu serais pas un peu soûle, par hasard ? Tu ferais mieux de ne pas te coucher trop tard. Ichino-miya et moi, on va dormir. Bonne nuit.

J'ai entendu la voix d'Ichi qui répétait « Bonne nuit », mais je n'ai pas répondu et j'ai continué à dessiner Pafutt-futt le Prince né. Me coucher pas trop tard… Vu qu'il n'y a que deux futons, de toute façon, je serais en trop, alors je me suis concentrée sur les sourires de Pafutt-futt, pour ne rien

---

1. De l'anglais *character* : personnage de manga ou symbole d'une marque ou d'un label.

entendre des gémissements qui n'allaient pas tarder à me parvenir de la chambre. Pafutt-futt qui saute, qui court, qui bondit. Au collège je réussissais mieux le drapé de sa houppelande, mais là, le papier mouillé m'empêchait de bien dessiner.

Quand des pas étouffés ont traversé le salon, j'ai su que c'était Ichi, même pas besoin qu'il entre dans mon champ visuel.

— Alors comme ça tu sais dessiner… C'est bien !

A sa voix calme et tranquille, j'ai rapidement essuyé mes larmes, puis j'ai repris mon dessin. Les chaussures en cuir à bout rond de Pafutt-futt, le sabre armorié de Pafutt-futt.

— Comment s'appelle-t-il ? a demandé Ichi en pointant son doigt à l'ongle court et rond sur le dessin.

— Pafutt-futt le Prince né.

— C'est un prince ? Sans couronne ?

— Ah tiens, c'est vrai.

J'aimais tellement la coupe champignon d'Ichi que je ne voulais rien mettre sur la tête de mon Pafutt-futt. Je lui ai ajouté une belle couronne, il est devenu encore plus princier.

— Oui, c'est mieux. Il y a un air de ressemblance avec la coiffure que j'avais quand j'étais au collège. Qu'est-ce qu'on a pu se moquer de moi ! « Champipi » on m'appelait.

— Bien sûr, puisque c'est toi à l'époque du collège.

En prononçant ces mots, j'ai senti quelque chose tomber et je me suis sentie plus légère.

— Hein ? Moi ?

— Au collège, je t'adorais, alors j'avais inventé ce manga avec toi dans le rôle principal.

— Tu veux dire que j'étais Pafutt-futt le Prince né ? Moi ?

— Oui.

Ichi s'est mis à rire, un rire tout neuf de nouveau-né.

— Tu plaisantes ! Des types qui avaient des allures de princes et que tout le monde admirait, il y en avait des tas dans notre classe, Takahashi par exemple, ou Arai.

— Toi aussi, tu étais un prince.

— Non, tu exagères ! Pour moi, le collège, ce ne sont que des souvenirs de brimades, même que l'autre fois à la réunion des anciens élèves, je n'avais pas vraiment envie d'y aller. Je me faisais toujours tabasser par les plus costauds, les filles se moquaient de moi. Où est-ce que tu as vu un prince, toi ?

J'étais tellement étonnée que j'ai levé la tête de mon dessin pour le regarder.

— Qu'est-ce que tu racontes ? Ce n'étaient pas des brimades, c'était de l'adoration !

— Façon de parler. J'étais petit, les mecs balèzes comme Abe ou Nishi passaient leur temps à me sauter dessus, même qu'un jour en rentrant à la maison, sous ma chemise d'uniforme j'avais des bleus sur les côtes. A la soirée des anciens élèves, quand Abe s'est remis à me sauter dessus, ça m'a tellement foutu en rogne que j'ai failli lui rendre ses coups. Mais je ne l'ai pas fait, heureusement. Ce type, c'est encore un gamin.

Mais non, pas du tout. Ce n'étaient que de petites maladresses parce que tout le monde voulait attirer ton attention. Des élèves qui se faisaient martyriser parce qu'on les détestait, il y en avait, mais ça n'avait rien à voir avec ce qu'Ichi subissait, c'était autrement plus vicieux. Et pourtant, pendant tout ce temps-là, Ichi avait cru qu'il était brimé et martyrisé. Je me suis représenté le collégien qu'il était, dans sa chambre en train de contempler ses ecchymoses sur les côtes, là. Avait-il fait la grimace ? Avait-il poussé un soupir ? Avait-il fait un bruit avec sa bouche ? A coup sûr, il s'était mangé les lèvres d'un air sombre. L'image m'a paru tellement sexy que c'est devenu illico un nouveau souvenir d'Ichi.

— Alors comme ça, tu souffrais… Si j'avais su, j'aurais pu t'aider.

— Merci. C'est drôle. Au collège, on n'avait quasiment aucune relation et pourtant tu parles de moi comme si tu me connaissais bien. A moins que ce soit parce que tu as trop bu ?

— Je ne suis pas ivre. Mais si tu ne te souviens pas d'avoir lu mon manga en classe, j'imagine que tu ne te rappelles pas non plus m'avoir parlé le jour de la fête du sport ?

Ichi a pris un air déconfit et mal à l'aise.

— Si.

— Non ? C'est vrai ?

— Le jour de la fête du sport en deuxième année, quand on était assis sur le terrain de sport ?

— Oui ! Pendant la cérémonie de clôture.

— J'ai dit ça sans réfléchir, je t'ai vue assise tout près et ça m'a énervé que tu ne me remarques pas. Ce qui est étrange, c'est qu'en réalité on ne s'était jamais parlé, je suis désolé d'avoir dit ça sans raison. Pour toi aussi j'imagine, mais pour moi c'est un souvenir très bizarre, c'est pour ça que je ne l'ai pas oublié.

Ichi n'avait pas encore compris pourquoi il avait voulu que je le regarde ! J'étais la seule de la classe qui ne le regardait pas. A l'époque, j'avais une perception totale de sa psychologie profonde.

— C'est parce que tu avais besoin en permanence que quelqu'un te regarde, n'importe qui.

— Non non, seulement toi. Mais bon, laissons cette histoire de côté, je commence déjà à rougir.

Il y a eu un bruit, je me suis retournée et je l'ai vu mettre les canettes vides qui jonchaient la table dans un sac de supermarché. Ah bon, c'est le moment de ranger. Je me suis mise moi aussi à ramasser les canettes renversées et les miettes de cacahuètes et de biscuits secs et à les jeter dans la poubelle. Une fois la table rangée et essuyée avec un torchon, c'était enfin propre.

Après ça, Ichi est resté un long moment à la cuisine à se laver les mains dans l'évier. Quelqu'un de normal aurait pensé qu'il se lavait les mains minutieusement parce qu'il se les était salies en nettoyant. Pas moi.

— Pourquoi te laves-tu autant les mains ?

— C'est une vieille manie. J'ai toujours l'impression qu'il y a quelque chose de collé entre mes doigts que je n'arrive pas à enlever. C'est bizarre, hein ?

Ce qui lui colle partout, en fait, ce sont les regards des autres. Ichi est extrêmement sensible aux regards. Mais ça, c'est bon. Et ne me demandez pas pourquoi j'aime bien qu'un homme se lave nerveusement les mains. Bien sûr, c'est propre, mais on n'est pas des ratons laveurs, et puis il y a quelque chose de malsain à trop se laver les mains et ne me demandez pas non plus pourquoi c'est justement ça que je trouve charmant. Moi, j'adore le visage concentré d'Ichi, ses yeux baissés et ses bouts de doigts rougis à l'eau glacée en plein hiver, c'est tout. J'aime le voir accomplir des gestes familiers, comme quand il sort de sa poche un mouchoir aux couleurs délavées, mais bien propre, avec lequel il s'essuie une main, puis l'autre, avant de le ranger de nouveau dans sa poche.

— Kimura ne revient pas. C'est bientôt le matin.

— Pourquoi tu ne dors pas ?

— Dors, toi. Le futon à côté de Hirata est libre. Moi, je ne peux pas.

— Et toi, Ichi, qu'est-ce que tu vas faire ?

— Eh bien, je vais essayer le canapé. Non, il ronfle trop fort, je vais pas pouvoir. Et puis, dormir maintenant, ça risque d'être encore plus dur après, je crois qu'il est encore préférable de rester éveillé.

— Alors moi aussi.

— On n'a qu'à se raconter des histoires pour s'empêcher de dormir.

— Quel genre d'histoires ?

— J'ai trop sommeil, je n'ai pas d'idée. Parle, toi.

J'ai des tas de choses à lui demander. Pourquoi jouait-il tout le temps au foot à la pause de midi au collège, aimait-il vraiment le foot ? Et comment s'était passée sa troisième année, quand il avait eu sa bête noire, Mme Miyamoto, comme prof principal ? Mais les souvenirs subissent une modification chimique dès l'instant où ils entrent en contact avec l'air extérieur. Comme un pétale de rose conservé sous vide en préservant sa couleur se fane et devient marron en quelques secondes à peine sorti de son réceptacle. Ou comme un jouet ancien qu'on aurait pu revendre un bon prix dans sa boîte d'origine mais dont la valeur tombe à pas grand-chose si on a ouvert l'emballage et qu'on l'a touché avec les mains, ne serait-ce qu'une seule fois.

— Et si je te parlais d'un oiseau disparu, le dodo ?

Ichi acquiesce avec enthousiasme.

— Ah, très bien. L'oiseau de l'île Maurice ? Qui a disparu à force d'être trop chassé ?

— Tu connais ?

— Le dodo, quand même, c'est assez célèbre. J'aime les animaux d'autrefois. Les animaux disparus, surtout, ça m'intéresse. J'aime bien leur aspect, rien que de penser que des créatures aussi extraordinaires ont existé sur Terre, je trouve ça amusant.

— Alors, comment les ammonites en sont-elles arrivées à se gondoler comme des manteaux de coquilles Saint-Jacques ?

— Ah, les ammonites hétéromorphes ? Dans les temps les plus anciens, les premières ammonites étaient enroulées régulièrement sur elles-mêmes, puis, au fil du temps, leur enroulement est devenu de plus en plus erratique, jusqu'à ressembler à un tas de cordes informe. C'est l'illustration type des aberrations auxquelles peut conduire l'évolution quand elle va trop loin. N'empêche que des théories récentes remettent en cause cette façon de voir et disent qu'au contraire ces formes sont apparues en adaptation à des changements environnementaux. C'est l'homme qui décide que l'absence de forme régulière est une anomalie, mais en réalité c'est une interprétation uniquement basée sur un préjugé visuel.

J'étais tellement ébahie que je suis restée un moment sans rien dire. Ichi a dégluti.

— Euh, j'ai dit quelque chose de bizarre ?

— Du tout. Je suis juste étonnée que tu en saches autant. Moi aussi, j'adore ce genre d'histoires.

C'est un sujet pour grands maniaques. Qu'Ichi ait réagi spontanément tient déjà du miracle. Qu'il embraye avec autant de bonheur sur le thème, je n'en reviens pas. A quatre heures du matin, surtout. C'est sûr, on s'entend bien. Si on sortait ensemble, on aurait plein de centres d'intérêt en commun. Mais aussi, je ne sais pas, une sensation de vide. Peut-être parce que, même si on se comprend, je n'ignore pas qu'il ne m'aime pas. Plus on s'entend bien, plus la distance qui nous sépare demeure incompressible. On s'entend bien, oui et après ? On se trouve sur des voies parallèles un peu plus proches que la normale, mais il faut un minimum d'étincelles pour qu'une réaction chimique se produise.

— Moi aussi. J'adore regarder les planches d'encyclopédie. On en avait une complète à la maison, et quand j'étais à l'école primaire, tous les soirs en rentrant je passais mon temps à la lire. Surtout le volume sur les animaux disparus et les dinosaures, je le regarde encore maintenant, les pages sont tout abîmées. Toi aussi, tu aimais déjà ça quand tu étais petite ? En général, on adore chercher des trucs sur les animaux quand on est gosse. La curiosité est la voie royale vers l'amour de la connaissance, comme on dit.

— Non, moi c'est à partir de l'âge adulte, sur le Net. Tu connais Wikipédia, bien sûr, l'encyclopédie développée par les utilisateurs d'Internet.

Sur le canapé, assis à côté de moi, Ichi a la même odeur que la girafe en peluche avec laquelle je m'endormais quand j'étais petite. D'accord, en réalité, cette peluche n'existe pas, j'ai toujours dormi toute seule depuis que je suis petite, mais c'est une image, disons. Une odeur moite si on veut, en tout cas une odeur que j'aime nettement mieux que l'odeur de consommé de Ni, une odeur qui m'apaise au niveau des gènes quand je la respire à fond les poumons. Avec une pointe de tristesse aussi. Celle du petit vide qui reste ouvert entre nous, l'interstice qui ne se résorbe pas.

— Je vois, dit doucement Ichi en riant. Quand même, « comme un manteau de coquille Saint-Jacques », tu as de ces images, toi !

— Pourquoi tu m'appelles toujours « toi » ?

Ichi a eu son petit rire confus que j'adore tant.

— Pardon. Parce que je ne me souviens plus de ton nom.

L'image de Ni le jour où il m'a demandé : « Parle-moi un peu de toi, Etô » m'est apparue.

Etô, parle-moi de toi.

Celui qui m'a trouvée grâce à un post-it rouge sur la poitrine.

7

— Bonsoir !

— 'Soir.

A peine dans l'entrée, Ni a expiré un bon coup et a immédiatement desserré sa cravate. C'est marrant, il se comporte comme s'il était tout à fait normal que je me trouve chez lui à l'attendre. Alors moi aussi, j'ai joué à l'épouse au foyer.

— Tu as passé le week-end au bureau, tu dois être fatigué. J'ai préparé des croquettes de pommes de terre, ça te dit ?

— Oh ! Super ! Merci. Mais à midi, j'ai pris un menu aux croquettes.

Là c'est pousser le bouchon un peu loin. Montrer qu'il est content que j'aie fait à manger, c'est la moindre des choses, il n'est pas obligé de dire qu'il a justement mangé des croquettes à midi. Ah là là, ces hommes qui disent exactement ce qu'ils pensent sans réfléchir…

— Ah oui ? Tu en as mangé à midi ? Pas de chance, je suis désolée.

— Oui. Mais ce n'est pas grave. Les croquettes, j'aime bien.

Il fait quand même un effort et s'apprête à me contourner dans le couloir pour passer au salon. Alors, en me serrant sur le côté, j'ai dit :

— Non, c'est vrai ? J'ai eu cette idée par hasard !

Et il s'est retourné avec un sourire.

Après la fois où on s'est disputés en sortant du taxi, pendant un moment ça a été silence radio, puis au bout de quelques jours il m'a envoyé un mail, comme s'il ne s'était rien passé, en me proposant de venir chez lui dimanche. Mais entre-temps on lui a dit qu'il devait aller au bureau ce week-end, alors il m'a donné un double de sa clé et dimanche soir je suis allée l'attendre chez lui.

— Je m'excuse pour l'autre jour, il a dit d'un ton léger, ce qui a fait revenir mon sentiment de culpabilité de l'autre jour et je n'ai rien pu répondre.

C'était néanmoins galant de sa part de s'excuser alors qu'il n'avait rien dit de faux. Dans un certain sens, il était courageux, il faisait vraiment tout ce qu'il pouvait pour obtenir une réponse positive. Moi, ne pas obtenir ce que je veux alors que j'ai fait tout mon possible, c'est un coup à me sentir blessée dans mon amour-propre au point de ne pas pouvoir m'en remettre. C'est pour ça qu'en général je ne fais rien et que je me contente de regarder, d'ailleurs. Comme avec Ichi.

Il y a très peu de choses dans la chambre de Ni et tout est bien rangé. Ça n'a absolument rien d'un intérieur raffiné, sans pour autant être le studio spartiate. Disons que c'est un peu comme la chambre d'un vieux monsieur qui se débrouille tout seul pour tout depuis que sa femme est morte, ou la cellule d'un prisonnier en sa dixième année d'incarcération. La lessive est parfaitement pliée et les quatre coussins à la couleur fanée sont bien empilés dans un coin. Le calendrier de la ligue professionnelle de football affiché au mur est le seul objet qui fait jeune, sauf qu'il l'utilise pour de vrai, avec les choses à faire écrites en dessous de chaque jour. Je ne sais pas si c'est dans ses habitudes, mais il a commencé à ôter son costume dans la chambre à tatamis sans même fermer la cloison coulissante, et quand il s'est retrouvé en caleçon, il a sorti ses vêtements d'intérieur de l'armoire et s'est changé. Comme s'il avait oublié que j'étais là, sans un mot, placide. Je l'ai suivi jusqu'au lavabo, je me suis assise sur un tabouret rond dans un coin de la salle d'eau et je l'ai regardé se débarbouiller le visage.

— Tu es sûre que tu peux laisser tes croquettes ?

— Il ne reste plus qu'à les frire.

— Ah bon.

Mais, dans son dos, je sentais bien qu'il était tout heureux. Son grand dos dans un tee-shirt

Gunze[1], le bruit de l'eau qui jaillit du robinet. En dernier, il s'est lavé les mains avec du savon liquide prélevé dans le flacon à pompe, mais lui ne se les lave pas maladivement comme Ichi. Il élimine juste la mousse, c'est très rapide. Je lui ai tendu une serviette, il l'a prise avec un sourire ravi, s'est essuyé le visage puis me l'a rendue. Désolée, je ne trouve pas ça mignon. Et puis tu pourrais dire merci. Ces manières infantiles m'énervent. Pas besoin de se casser la tête pour deviner ce qui lui fait plaisir, en tout cas, c'est d'un prévisible ! Il se la joue naturel même si je suis là, ça lui donne l'impression d'être en famille.

— Excellentes, ces croquettes. Bien meilleures que celles que j'ai mangées à midi. Tu te débrouilles en cuisine !

— Je me fais à manger moi-même, c'est pour ça.

— Génial ! Moi aussi, j'habite seul, mais je peux compter les fois où je me suis fait à manger correctement.

Dès qu'il a été à table, il s'est mis à manger en puissance, tout juste s'il ne prenait pas les croquettes avec les doigts. Le fait qu'il aime ma cuisine provoque en moi un sentiment mitigé. Comme la fois où il a dit que les filles de la compta étaient des sérieuses qui feraient de bonnes épouses. Si on se marie, il m'assignera certainement au poste de

---

1. Marque de sous-vêtements vendus en supermarché.

cuisinière, et ça pèse son poids, ça. Je ne suis pas une femme au foyer, je travaille ! Mais puisqu'il montre qu'il est content, qu'il mange avec plaisir un monceau de croquettes en trouvant que c'est « super super bon » alors que ça a juste le goût normal, évidemment… Un homme qui mange tout ce que je fais avec plaisir sans rien laisser, je suis censée penser que tous mes rêves sont exaucés. C'est vraiment la satisfaction des besoins primaires qui nous lie, nous deux.

— Ah, celle-là, je la déteste. Tu changes, s'il te plaît !

Celle-là, c'est une fille de la télé, genre sarcastique, la trentaine, bien foutue, jolie gueule, qui profère des phrases bien senties en donnant des coups de menton en avant. Qui me ressemble beaucoup, en fait.

— On me dit souvent que je lui ressemble.

— Hein ?

Ni s'est mis à me regarder, à me comparer avec la fille de la télé, et quand le verdict est tombé selon lequel, c'est vrai, je lui ressemblais, il a paru surpris.

— Oui, mais elle et toi, vous êtes différentes. Elle, elle dit toujours des choses tordues, elle a l'air mauvaise, c'est pour ça que je la déteste.

Tordues ou pas tordues, c'est juste que moi je modère mes paroles et elle pas, mais essentiellement je pense la même chose qu'elle. C'est pour ça qu'elle fait rire des tas de gens. En fait, il n'est pas facile de décider si on aime tel type de gens et si on déteste tel autre. Une toute petite différence peut faire ranger l'un dans une catégorie et l'autre dans une autre, même s'ils se ressemblent beaucoup par ailleurs. Parce que ce qui est évident, c'est qu'on est tous différents. Et en m'examinant de sang-froid, Ni pouvait sûrement trouver étrange d'être tombé amoureux d'une fille comme moi.

Finalement, Ni en est resté à son idée et a changé de chaîne, puis il a repris ses croquettes en silence, cloué à l'émission « Police 24/24 ».

Après le repas, j'ai fait chauffer de l'eau et j'ai servi le thé vert au riz complet torréfié dans deux gobelets à thé.

— Oh ! Bien vu ! a dit Ni en se levant du canapé où il regardait la télé en rigolant pour s'approcher de la table d'un air content. Ou plutôt non, pas « bien vu », c'est parce que tu me comprends, Etô. Pas vrai ?

Il n'est pas réellement simplet, c'est juste l'amour qui le rend ainsi. Que je rie, que je sois en colère ou joyeuse, le moindre de mes comportements déclenche une réaction de sa part. C'est à se demander comment quelqu'un comme moi peut faire réagir un type comme lui à ce point.

— Alors, tu vas me répondre bientôt ? Tu as l'intention de sortir pour de bon avec moi, oui ou non ?

A sa façon de se placer face à moi, je vois bien qu'il est tendu.

— C'est pas pour me vanter, Etô, mais c'est moi qui t'ai remarquée et c'est très clair dans ma tête. On ira bien ensemble. Je veux dire, il n'y aurait rien de dérangeant à ce qu'on soit ensemble.

Je m'étais promis que le premier avec qui je sortirais, j'en serais amoureuse. Parce que je ne veux pas me mentir, et puis, inversement, je ne pourrais jamais sortir avec quelqu'un que je n'aime pas. Kurumi l'avait dit une fois, et moi aussi d'ailleurs je trouvais que j'étais dans le genre cœur pur, un truc plutôt rare à notre époque, je croyais attacher de l'importance à l'amour pur. Je m'aimais d'aimer toujours mon premier amour. Mais maintenant, en face de Ni, loin d'appeler cela avoir le cœur pur, je trouve ça plutôt moche, en fait. Pourquoi ne pourrais-je sortir qu'avec un garçon que j'aimerais, d'abord ? Pourquoi ne devrais-je même pas accorder un regard à celui qui prend la peine de m'aimer ? J'attache une énorme importance à ma propre pureté de cœur, mais celle des autres ne me concernerait pas ? Pur égoïsme ! Après un essai, si définitivement je ne peux pas l'aimer, alors là tant pis, mais je pourrais peut-être essayer d'abord de répondre à sa sincérité. Au lieu de se fier à son seul instinct, peut-être faut-il croire en l'instinct de l'autre aussi. Et puisque Ni est certain que nous irons bien ensemble, tous les deux…

Ichi, lui, accepterait peut-être de sortir avec moi si je lui déclarais ma flamme, parce qu'Ichi est faible à l'attaque. Mais il ne m'aimera jamais pour de vrai. D'Ichi, j'ai reçu l'émotion d'aimer quelqu'un pour de vrai, mais je ne pourrai jamais lui donner la même émotion. A l'époque où j'éprouvais de véritables douleurs tellement je l'aimais, le ciel bleu au-delà des câbles électriques me paraissait toujours plus vif, une odeur de beurre fondu sur génoise sucrée me picotait le nez, mon cartable avec mes manuels de la journée me paraissait plus léger que d'habitude, jusqu'à la vitesse des voitures dans la rue qui me semblait belle. Ce sentiment, je ne suis pas en mesure de le faire goûter à Ichi. Mais à Ni, je pourrais. Il doit y avoir des jours où il est heureux d'aller au bureau parce qu'il va me voir. Je peux sentir le bonheur suinter dans son dos rien qu'en prépa-rant des croquettes de pommes de terre. Je peux lui apporter la paix de son âme de jeune vieux rien qu'en l'attendant chez lui.

— D'accord.

— Hein ?

— D'accord, on sort ensemble pour de bon.

— Sérieux ? Yesss !

Il a levé le poing et fait un geste de pompe, et il m'a attrapée par le bras avec des yeux qui brillaient au moins cent fois plus fort que d'habitude.

— Waouh ! Je suis trop content ! Mais pour-quoi, au fait ? Jusqu'à présent, tu n'avais pas trop l'air d'avoir envie, comment se fait-il que tu m'aies supporté jusqu'à maintenant et que l'envie te soit venue de sortir pour de bon avec moi ?

— Eh bien, tu n'as pas l'impression qu'on pourrait former un beau couple, tous les deux ? Déjà, là, je me trouve dans cette pièce sans ressentir aucune dissonance.

Je croyais lui faire plaisir en disant cela, mais son visage s'est soudain assombri.

— Attends une minute. Laisse-moi te dire une chose.

Il s'est redressé sur le tapis et s'est assis en tailleur.

— On sort ensemble mais on va pas se marier tout de suite.

— Hein ?

Les yeux dans les yeux, un silence s'est écoulé. La conversation, par contre, ne coulait plus nulle part.

— Euh… j'ai parlé mariage ?

— Non. Mais je me suis posé la question, c'est tout.

— Attends mais moi non plus, je n'ai pas du tout l'intention de me marier à peine on aura commencé à sortir ensemble, avant même qu'on se connaisse comme il faut.

— Ah bon. Alors tant mieux.

Un soulagement est apparu sur son visage et il m'a repris la main. Le souvenir de son ancienne copine qui lui avait mis la pression pour se faire épouser lui était peut-être revenu, en tout cas il y avait quelque chose de bizarre.

— Dis… Pourquoi tu me demandes ça ?

— Non, c'est juste que Kurumi m'a dit que tu avais des idées très arrêtées sur le mariage, que tu prenais ton temps pour choisir parce que tu tenais absolument à te marier avec celui avec qui tu sortirais.

Kurumi ? Kurumi, à qui j'avais avoué mes douloureux secrets en toute confiance, en avait parlé à Ni ? Pourquoi ?

— Qu'est-ce que ça veut dire ? Je veux des explications.

— C'est l'autre jour, on est allés boire entre commerciaux, et on a trouvé que ça manquait un peu de filles, alors on a invité Kurumi. C'est là qu'elle a dit que toi, Etô, tu avais un grand désir de mariage.

— Ah bon.

Pour cacher mon trouble, j'ai serré la main de Ni en retour. Comment se faisait-il que Kurumi ait dit devant tout le monde, et donc devant Ni, ce que je ne lui avais dit qu'à elle ? Il y avait quelque chose qui me gênait concernant Kurumi, mais aussi concernant Ni, qui posait soudain ses conditions au lieu de tout bonnement se réjouir d'être avec moi. Ce moment était l'avènement du premier copain de ma vie. J'avais envie d'être heureuse, pas de me disputer.

— Bien sûr, moi aussi j'ai envie de me marier avec toi, Etô. Donc rien n'a changé, c'est bien avec le mariage en perspective que je t'ai demandé de sor... euh...

Ni a toussoté.

— Ma fourche a langué, excuse. Je veux dire, bref, je veux dire, Etô, je t'aime, quoi.

Je n'ai rien compris. Mais il faudrait être cruelle pour exiger de lui d'avoir la classe. Je ne prétends pas non plus, même pour rire, être capable de fabriquer à moi toute seule un petit moment romantique. Mais quand même, j'ai senti un moment de solitude, là. Je me suis sentie violemment amoureuse d'Ichi. Enfin, je ne veux pas dire du Ichi réel. Amoureuse du fantasme d'Ichi que j'ai concocté dans mon cœur sans rien demander à personne.

— Etô, je peux t'appeler par ton prénom ?

— Pas de problème.

— Bon, alors... Yoshika.

Soudain, quelque chose était là. Une odeur. Ça ne puait pas, non, comment dire, une odeur de chaud. Une odeur de soupe un peu concentrée, peut-être ?

Ah oui, c'est Ni qui vient plus près. Non, c'est autre chose. Enfin, ça aussi, mais une autre odeur que Ni secréterait et aurait ajouté à sa soupe. Phéromones, peut-être ?

A peine le temps de sentir un souffle tout près de mon oreille, Ni m'avait soudain enserrée dans ses bras.

Il est en chaleur ? Lèvres protubérantes. Je n'exagère pas, on aurait dit un poulpe dans un manga.

Une ventouse !

J'ai repoussé Ni de toutes mes forces et j'ai fui cette chambre qui sentait encore les croquettes en emportant mon sac et mes chaussures.

Le lendemain, Ni m'a demandé de venir le rejoindre sur le toit du bâtiment, j'étais déjà plus calme, mon cœur ne battait plus la chamade comme la veille. Mais j'étais quand même un peu sur les nerfs parce que je me demandais comment j'allais réagir si les lèvres de Ni repassaient à l'attaque.

— Tu n'as pas l'air en forme. Ça ne te dérange pas que j'aie appelé ?

— Non. Pas de problème.

J'étais en uniforme du bureau, Ni en costume cravate, mais l'ambiance générale était très lycéenne. Cette terrasse, aussi. Nous étions entourés de gratte-ciel, n'empêche, ça faisait très rendez-vous de gosses. Nous étions seuls. C'était la première fois que je venais sur le toit, mais bon, c'est à ça que ça sert, apparemment.

— Je m'excuse, je n'aurais pas dû. Hier, j'ai regretté, dans ma chambre, tout seul. Je t'ai encore brusquée.

J'ai fait non de la tête. C'est ma faute, les lèvres sont une partie sensible du corps humain, je n'aurais pas dû me représenter une bouche de poulpe ou une ventouse en les voyant, ça ne se fait pas, c'est tout. Ni s'est approché, et quand je me suis blottie timidement dans ses bras, j'ai senti l'odeur du bureau à travers son costume. C'est la première fois de ma vie que je suis dans les bras d'un garçon, mais je n'ai pas ressenti le frisson d'émotion que je m'étais imaginé. En revanche, c'est assez comme quand on joue au loup, qu'on est la dernière à ne pas avoir été prise et qu'au moment où on va s'échapper, on sent la main du loup sur son épaule, ce sentiment de sécurité mélangé à la déception de s'être fait prendre quand on se dit : « Ouf, plus besoin de fuir... » Ça m'a donné envie de pousser un soupir de soulagement. Je ressentais une vague joie de sentir la force des bras de Ni qui m'entouraient et son exaltation.

— Et puis, avec ce que m'avait expliqué Kurumi, j'aurais dû faire plus attention, mais je suis toujours trop pressé, je te mets toujours en difficulté.

Sa voix était haut perchée, mi-excitée, mi-intimidée, mais ça ne m'a pas empêchée d'avoir comme un mauvais pressentiment.

— Dans les conseils de Kurumi, à part que j'ai un fort désir de mariage, il y avait autre chose ?

— Oui. Qu'il fallait que j'y aille doucement, du fait que tu n'as encore jamais eu d'expérience avec un garçon.

Je me suis lentement détachée de lui. J'y croyais pas.

— Pour dire la vérité, avant de te proposer un rendez-vous la première fois, j'ai demandé à Kurumi si elle savait si tu avais un copain ou pas. C'est là qu'elle me l'a dit. C'était vraiment une surprise pour moi, que tu n'aies jamais eu de copain. Et en fait, j'ai trouvé ça super mignon. Non, c'est vrai !

Je lui avais pourtant bien dit que je voulais cacher à tout prix à Ni que je n'avais aucune expérience. En fait, elle avait tout balancé depuis le début. Et Ni, qui regardait ça de haut et trouvait ça mignon ! La chair de poule m'est venue. J'aurais voulu écrire, avec un pinceau grand comme moi, bien gorgé d'encre, sur le sol de béton de la terrasse : *Bande de cons !*

— Mais ne t'inquiète pas, elle veut juste faire de son mieux pour que ça marche entre toi et moi.

Kurumi n'est pas demeurée au point de tout révéler à Ni sans se douter que je voulais garder le secret. Elle l'a fait en connaissance de cause, c'est évident. Donc, en fait, en jouant à celle qui offrait son aide, depuis le début elle voulait m'écraser. Je ne me sentais plus d'avoir rencontré pour la première fois un garçon qui s'intéressait à moi et mon histoire d'amour devait l'horripiler. Ben pardon alors. Mais c'est quand même trop. Sa façon de jouer à la fille pas du tout intéressée par le mariage, sa façon de parler de moi comme de quelqu'un à l'affût d'un bon parti pour se faire épouser, sa façon de balancer que j'étais encore pucelle.

Comme je restais les yeux baissés, Ni est venu me regarder par en dessous.

— Euh… j'ai dit quelque chose de mal ?

— Non. Tout va bien, j'ai répondu en relevant la tête. Et même mieux. Grâce à ce que tu viens de me dire, j'ai enfin pris une décision.

— Pardon ?

— En réalité, il se trouve que j'aime quelqu'un. Depuis le collège. Je n'ai pas pu l'oublier depuis tout ce temps et c'est pour ça que je n'ai jamais pu sortir avec un autre garçon. C'est pour ça que je n'ai pas d'expérience.

J'ai commencé à entendre un grondement dans mes oreilles. Le bruit de la honte qui portait mon sang à son point d'ébullition.

— Il n'y a pas longtemps, dans une soirée d'anciens élèves, je l'ai revu. J'ai appris qu'il était lui aussi à Tokyo, et maintenant on va se voir à peu près une fois par mois avec d'autres camarades de classe. Pour l'instant, c'est à sens unique, mais à partir de maintenant, je vais y aller à fond dans l'espoir qu'il s'intéresse enfin à moi.

Ni s'est figé. C'est vexant d'être convaincu de mensonge. Mais on peut vexer à peu près autant en disant la vérité, parfois.

Il a dit qu'il détestait les mensonges. Eh bien, la vérité, la voilà.

— Je te remercie de m'avoir dit que tu m'aimais, de ta gentillesse. Moi aussi, j'ai cru que je pouvais t'aimer et je suis venue chez toi, mais en réalité, je ne peux pas oublier celui que j'aime à sens unique. Désolée.

8

Je suis descendue du toit et je suis allée m'enfermer dans les toilettes.

J'étais en pleine confusion.

Tellement que je croyais que ma tête allait exploser. Ça faisait mal. Pour de vrai. Si ça n'avait pas été douloureux, je me serais entaillé les poignets. C'est étrange à dire, mais heureusement que mourir est pénible et douloureux, parce que si je n'avais pas eu peur d'avoir mal, j'aurais pu mettre un terme à ma vie pour une raison aussi stupide.

J'étais tellement déprimée rien qu'à me demander jusqu'où Kurumi avait bavassé sur moi et avec qui, que je ne voulais plus remettre les pieds dans cette société. Et bien sûr, Kurumi surtout, je ne voulais plus la voir, mais comment lui échapper alors que nous étions au même étage, dans le même service et de la même promotion ? Contrairement à Ni, j'avais des scrupules à l'agonir d'injures en pensée. D'abord parce que je l'avais aimée, et si maintenant je détestais la seule amie avec qui je pouvais parler, alors venir travailler ici n'avait réellement plus aucun sens. Je t'avais bien dit que je ne voulais pas que Ni sache que j'étais vierge, non ? Si. Je te l'avais dit. Mais tu as parlé. Exprès. Elle aurait beau dire qu'elle avait oublié, ou que les mots lui avaient échappé, c'était exprès quand même. Kurumi n'était pas demeurée à ce point. Pas gourde au point de laisser les mots lui échapper pendant une beuverie sur un sujet aussi délicat. Ni pouvait éventuellement s'y laisser prendre, mais Kurumi ne me ferait pas avaler cette histoire à moi, une fille comme elle. A moins que se fâcher avec moi lui soit bien égal ?

Ni aussi, je le déteste. Un type qui trouve mignon que je sois encore vierge. Je t'ai trouvée grâce à ton post-it rouge, je t'enlèverai aussi ton post-it d'en bas, si tu veux. Ah ouais. Non mais ça va pas la tête ?

Bon, restons calme. Celle qui devient folle ici, c'est moi. Si je commence à entendre des choses dans ma tête comme si Ni me les murmurait à l'oreille... Il me restait encore un petit peu de fierté d'être vierge, mais en montrant de l'intérêt précisément sur ce point, il m'a fait venir la honte à en devenir folle, comme de me faire zyeuter les pointes de seins à travers un tee-shirt quand je ne porte pas de soutien-gorge, à vouloir sur-le-champ dévoyer un homme en attente de son rendez-vous arrangé du côté de la statue Moyai devant la gare de Shibuya pour faire sauter vite fait ce foutu pucelage dans un love hôtel de Maruyama-chô.

Même Ichi qui ne m'a été d'aucun secours. Alors comme ça tu ne te rappelles plus mon nom, hein, parce qu'on ne s'est quasiment jamais parlé, hein. Bon d'accord, ça a l'air plein de bon sens quand on y réfléchit, mais n'empêche, tu crois que ça ne m'a pas blessée ? D'ailleurs, à vrai dire, Kimura et Hirata non plus je ne les ai pas entendus m'appeler par mon nom. Bref, ils ont tous oublié qui j'étais, c'est ça. A la soirée des anciens élèves, il n'y avait personne pour faire le Monsieur Loyal, il n'y a pas eu de tour de table pour se présenter, ça s'est fait comme ça, comme si c'était normal que tout le monde se souvienne du nom de chacun puisqu'on se connaît depuis si longtemps, et donc finalement personne ne leur a dit mon nom. Tu sais, celle qui était je sais plus où dans un coin de la classe, comment c'était son nom, déjà ? Voilà toute l'impression que je leur ai laissée à tous. Voilà qui me remet les idées en place concernant le très peu de présence que j'ai. Enfin, c'était peut-être le prix à payer pour avoir organisé cette soirée en empruntant l'identité d'une autre.

Mais ça suffit. C'est beau d'être amoureuse. Après tout, Ichi est un être humain. Un mammifère, à tout le moins. Cet amour entretenu pendant douze ans est beau ! Tu peux trembler, Ichi !

De nombreux animaux, pour éviter la disparition de l'espèce, évoluent en s'adaptant à leur environnement. Mais il en existe aussi dont l'évolution leur a fait acquérir des caractères destinés à remporter la compétition sexuelle tellement particuliers qu'échapper à leurs prédateurs en devient plus difficile et que cela leur fait courir un risque accru de disparition. Le cerf megaloceros s'est éteint à cause de ses bois surdimensionnés qui lui donnaient plus de succès auprès de l'autre sexe. L'argus ocellé est en voie de disparition parce que sa queue, qu'il laisse trop pousser pour la parade nuptiale, le rend plus facile à attraper par ses prédateurs. L'être humain, enfin, je veux dire moi, semble bien parti pour connaître le même sort. A trop insister pour ne s'unir qu'avec un partenaire dont il sera amoureux, le spécimen avance en âge et laisse passer sa chance de se reproduire. L'amour, supposé favoriser la reproduction, est au contraire un moyen de limitation des naissances. Suis-je une espèce vouée à l'extinction comme le dodo ? Ni serait-il mon attaché d'observation pour me sauver de la disparition ?

A ce moment-là, Kurumi est venue me chercher dans les toilettes et a frappé à la porte, mais je n'ai pas bougé.

Je n'ai pas plus envie de sortir des toilettes en compagnie de Kurumi que d'aller rapporter les talons des bordereaux comptables à la section commerciale qui bruisse de la rumeur que, vous ne savez pas ? Etô est en train de courir après un parti potentiel. Si encore cette rumeur était sans fondement, mais en plus elle est absolument vraie, elle expose au grand jour la réalité cachée de mes désirs. On pourra me traiter de dégonflée, je n'ai plus envie de venir au bureau. Mais je ne veux pas démissionner, je veux juste un congé longue durée, le temps de retrouver mon calme. Mais à la compta, il est de convention tacite qu'on n'utilise pas ses congés payés en bloc. Que faire alors ?

— Qu'est-ce qui t'arrive ? Tu n'es pas bien ?

Quand je suis réapparue dans l'espace de travail, en voyant mon air décomposé, Kurumi est venue poser la main sur mon épaule d'un air inquiet.

— C'est les nausées…

Le mot m'a échappé et est tombé tout seul. Il ne m'était pas venu à l'esprit avant de passer mes lèvres, mais tout à coup, ma décision était prise. Je n'étais plus vierge, j'étais enceinte.

— Non ? C'est vrai ?

— Si. Depuis quelques jours… C'est atroce.

Et d'un air qui signifiait qu'elle ne pouvait rien pour moi, alors qu'elle semblait avoir encore quelques questions à me poser, j'ai ignoré Kurumi et je me suis installée devant mon ordinateur. Sans oublier d'avaler ma salive comme si j'avais vraiment mal au cœur. Cette fois, j'avais doublé Kurumi à la corde et je faisais la course en tête. Sur un mensonge, certes, mais c'était bon.

Une fois rentrée chez moi, j'ai mis les pieds sous la table chauffante, je suis allée sur un site de lettres d'entreprise, j'ai téléchargé et imprimé une demande de congé de maternité, et au stylo à bille, j'ai ajouté la date d'accouchement prévue, que j'avais calculée sur la calculette de mon portable. Je me sentais super bien.

— Et voilà, hé hé hé…

Ce n'était qu'un formulaire standard, mais quand toutes les cases ont été remplies et que j'ai apposé ma signature, soudain ça a eu l'air vrai. Mis à part la note assortie d'un petit astérisque qui disait *Joindre un certificat médical,* évidemment. Bon, comment faire… Il va sans dire que je ne connais aucun médecin assez complaisant pour certifier que je suis enceinte d'un bébé inexistant. Mais je peux toujours remettre le formulaire en disant que j'enverrai le certificat médical par la poste. En priant pour être la première dans ce pays à demander un congé avec une fausse déclaration de grossesse.

La grossesse simulée, non pas comme arme de harcèlement en accusant un homme d'être le père, mais pour obtenir des vacances. Si mon mensonge vient à être découvert, que je me fais licencier et que les médias en parlent, je pourrai me vanter d'avoir à moi toute seule fait progresser la condition des femmes dans la société japonaise. Enfin, à reculons, mais quand même.

Aucune nouvelle recrue n'étant venue compléter l'effectif du service depuis notre arrivée à Kurumi et moi, nous sommes toujours les petites dernières à qui on délègue toutes les tâches ingrates. Si je disparais, elle va souffrir : acheter les bricoles à grignoter pour tout le service, aller chercher le courrier, servir le thé, distribuer la gazette interne de la boîte, nettoyer la machine à café, aller chercher les nouveaux chargeurs d'encre pour le fax au guichet des consommables chaque fois que l'un d'eux est vide, tout ça sera pour elle. Mais bon, la connaissant, il n'est pas exclu qu'elle trouve un homme pour lui donner un coup de main.

Bien sûr, j'aurais pu juste prendre quelques jours de congé, sans être obligée de faire un aussi gros mensonge. Mais la compta ne pouvant se mettre au boulot qu'une fois toutes les données collectées au niveau de chaque division, il est assez difficile de prendre de l'avance. Et pas question non plus de laisser s'accumuler les choses, car il faut expédier les factures à l'ensemble des clients toutes les fins de mois. Pour ça, c'est très contraignant, comme boulot. Impossible de se défoncer pour abattre l'ouvrage du lendemain afin de pouvoir prendre un jour, ni de se dire qu'on rattrapera le retard à son retour, parce que la date limite est déjà là. En fait, la seule solution pour prendre un congé, c'est de trouver quelqu'un pour faire ton travail à ta place. On ne nous demande pas d'aller chercher de nouveaux clients, mais de traiter la paperasse en temps et en heure, en respectant les calendriers, en notant bien le terme sous le jour correspondant dans l'agenda. C'est pour ça qu'à la compta quasiment personne ne prend de longues vacances, contrairement à la section commerciale, par exemple. Depuis que je suis dans cette société, je n'ai jamais pris plus de la moitié de mes congés à la fois, c'est pour ça que je ne suis jamais partie en vacances à l'étranger. Et notre reliquat de congés est annulé au bout de trois ans. Dis maman, ils sont où mes congés payés ? Ils sont partis. Où ça ? Eh bien… au bureau.

Ça m'a toujours dérangée : pourquoi seules celles qui accouchent ont-elles le droit de faire une pause ? Celles qui se marient ont tout naturellement droit à un congé pour partir en voyage de noces puis à un congé parental, alors pourquoi les non-mariées ne pourraient-elles pas obtenir un « congé pour réfléchir calmement à leur vie » ? C'est au moins aussi important qu'un congé parental pour élever un enfant.

Une collègue plus ancienne, très forte personnalité, une du genre qui m'aurait regardée de haut à l'époque où j'étais étudiante, s'était soudain mariée et était tombée enceinte. J'avais hérité de son travail pendant son congé de maternité, et c'est moi qui avais été chargée de lui remettre la somme collectée parmi les employées du service comme cadeau de félicitations. J'en avais éprouvé d'étranges sentiments. Je me retrouvais toujours en position de féliciter quelqu'un, jamais d'être félicitée. Ou en tout cas, j'avais l'impression que les rares fois où cela m'était arrivé, la cérémonie avait toujours été riquiqui par rapport aux autres. Mon complexe d'infériorité, sûrement…

Si j'étais restée la même qu'à l'époque où j'étais étudiante, j'aurais continué à aller au bureau l'air de rien tout en redoutant que la rumeur de ma virginité se répande, j'aurais continué à fréquenter Kurumi comme avant tout en la haïssant cordialement, et je me serais éloignée peu à peu de Ni sans qu'il s'en rende compte. Mais je n'étais plus aussi naïve. Toujours aussi dégonflée, certes, mais plus tout à fait la fille gentille qui peut tout endurer.

Au collège et au lycée, j'avais peur des filles à forte personnalité. Elles repéraient tout de suite cette fille que rien ne distinguait et qui poussait en secret dans un coin de la classe. Si j'essayais de montrer les dents, d'instinct elles voyaient que c'était de la frime, et pour me dominer encore plus, elles me traitaient comme une fille trop drôle.

Quant à ignorer l'instinct et à essayer de prendre le dessus sur elles, ça ne marchait jamais. Mais depuis un certain temps, je me suis aperçue que ce n'est pas véritablement le calibre du partenaire ni le niveau de ses talents physiques qui comptent le plus, dans cet instant où l'instinct juge de la supériorité ou de l'infériorité de celui qu'on a en face de soi. Quelle capacité de nuisance a-t-il à sa disposition ? Et inversement a-t-il beaucoup à perdre ? Voilà ce qui fait la différence. Pour prendre un exemple facile, ce n'est pas parce qu'elle met son décolleté en valeur que la girly prend l'ascendant sur la bosseuse, mais seulement dans la mesure où la girly saura donner des coups de dents empoisonnés et n'aura rien à perdre. Et c'est parce que la fille sérieuse n'aura pas une grande expérience dans l'art de faire des méchancetés et voudra préserver sa réputation de bonne élève et sa tranquillité, que cela lui conférera une position de faiblesse.

Les méchants sont plus forts, voilà. Eh bien, si c'est là la conclusion à laquelle je suis parvenue au bout de vingt-six ans d'existence, il y a de quoi pleurer. Mais si j'en suis arrivée là, c'est qu'il y a une raison. Récemment, sans doute parce que mon taux de nuisance a augmenté, je me sens plus forte. Pourquoi avais-je peur du mal que pouvaient me faire les autres ? Parce que je ne comprenais absolument pas pourquoi ils le faisaient. Mais maintenant, si je les mets en regard de mes propres émotions, je sais parfaitement pourquoi. Et même si je ne passe pas à l'action, je me sens tout à fait capable de rendre tout le mal qu'on m'a fait.

Jusqu'à présent, je jouais à l'ingénue vis-à-vis de moi-même. Quand on se moquait de moi, ça me déprimait, mais de là à leur retourner la politesse et à dire du mal d'eux, je me considérais comme une fille trop distinguée pour proférer des paroles désagréables. C'était peut-être vrai par le passé.

Mais plus maintenant.

Je me tiens devant cette porte que je connais trop bien, le poing serré sur la chemise qui contient ma boule de nuisance : ma demande de congé de maternité. Mentir à ce point pour avoir des vacances, quel endurcissement dans le mal, me dis-je. Et même pas peur de me faire licencier au cas où mon mensonge serait percé à jour, puisque je n'ai rien à perdre. Je peux gagner. Les conditions sont favorables pour gagner.

Oui, mais gagner contre qui ?

Comme si c'était de moi-même que je voulais me venger. Cette moiteur dans les paumes, ce n'est pas normal, le stress est énorme. Me voici au bureau sur la lancée de ma lubie d'hier pour déposer une demande de congé de maternité, mais en y réfléchissant de sang-froid, je ne suis peut-être pas obligée de mettre ce projet à exécution pour de vrai. Ne pas déposer le dossier, supporter le savon que le chef de service va me passer parce que j'arrive en retard, travailler comme de coutume, rentrer à la maison, me mettre au lit et dormir, voilà qui serait tout de même plus judicieux.

Non, impossible, je vais encore faire rire de moi, comme d'habitude. Il faut que je devienne mauvaise. D'une façon ou d'une autre, il faut que j'esquive ce coup, même par un moyen très lâche s'il le faut.

Néanmoins, je n'arrive pas à pousser la porte de la compta, je reste plantée sur le palier avec ma chemise à la main. Pour rendre vraisemblable mon mensonge sur les nausées matinales, j'ai fait exprès d'arriver en retard, mais ça me pèse et c'était un mauvais calcul, ça met la barre encore plus haut. Il me suffit de penser aux autres en train de travailler à l'intérieur, je sais que tout le monde va me regarder quand j'entrerai et cela rend cette porte encore plus difficile à pousser. Quand je dirai au chef que je suis enceinte, ils entendront tout en faisant semblant de ne pas écouter. Surtout qu'il va falloir que je nappe cette histoire d'un mensonge bien épais. En serai-je capable ? Peut-être, si le chef me propose de passer dans une autre pièce.

— Pardon.

Dans mon dos me parvient la voix d'une employée d'un autre service qui souhaite aller à la compta.

— Je vous en prie, je fais d'un ton très naturel en poussant la porte et en entrant avec elle.

Ce bureau que je connais par cœur prend un air différent. Avec le risque de ne plus jamais le voir, ni demain ni après-demain, il m'apparaît soudain comme un endroit sentimental. C'est au cours de ma deuxième année dans la boîte que je me suis aperçue qu'on pouvait venir travailler tous les jours sans avoir besoin de motivation ni ressentir de plaisir, sans se dire « Je vais au bureau parce que je veux me prouver telle ou telle chose » ou « Je veux donner le meilleur de moi-même pour que tous ensemble nous atteignions tel objectif », mais tout simplement par habitude. Sans objectif particulier, simplement pour le salaire, aller travailler par simple inertie, c'est ce que je faisais, mais aujourd'hui, ce n'est pas ça.

Au fil du temps, quand je voyais les gens de la compta avec leurs relations interpersonnelles de plus en plus pénibles, je me disais « encore eux » et j'en avais marre, mais là leurs visages me semblent comme neufs. Je m'en rends compte en voyant l'air morose avec lequel me fait un signe de tête de pure forme une collègue qui en m'apercevant a simplement tourné les yeux vers moi sans bouger la tête de son écran. J'en ai peut-être marre, mais en fait par complaisance j'en profite bien, de ce bureau, de cet espace où je possède une vraie place à moi.

Même si intellectuellement je sais que c'est la crise et qu'il n'y aurait rien d'étonnant à ce qu'on me pousse à la démission du jour au lendemain, en fait, à force de venir tous les jours, je m'y suis habituée, et je m'y crois en sécurité. C'est précisément parce que je sais que j'irai encore au bureau aujourd'hui et demain et ainsi de suite que j'en ai marre. Et c'est en me trouvant soudain à l'instant critique de démissionner que je prends conscience pour la première fois à quel point ce lieu de vie est important pour moi.

Oui, c'est un lieu de vie que je me suis construit à la sueur de mon front. C'est facile de dire « je le quitte ! » mais les chances de pouvoir retrouver un travail sont minces. Alors non, pas de dossier de demande de congé, travailler comme d'hab, rentrer à la maison, faire cuire des nouilles instantanées, manger, dormir. Des nouilles, il doit m'en rester trois sachets, alors si j'ajoute tout plein de chou, je pourrai en faire quatre portions, ce qui fait que demain je n'aurai même pas besoin de cuisiner, c'est super ! Vivre au jour le jour, c'est suffisant, non ? Chaque jour identique à lui-même. Tranquille.

Retrouvons notre place. Commençons par présenter nos excuses au chef pour le retard.

De son bureau tout au fond, près de la fenêtre, le chef de service m'a repérée avant même que je m'adresse à lui.

— Ah, mademoiselle Etô, il paraît que vous ne vous sentez pas bien ?

— Oui, je suis désolée d'être en retard.

— Eh bien, si vous allez mieux maintenant, mettez-vous vite au travail.

L'air très affairé, le chef fait glisser son regard de moi à la pile de paperasses accumulées sur mon bureau. Les lâches pensées que je remuais il y a un instant font volte-face d'un seul coup et bifurquent si serré que ça fait un bruit.

— Puis-je vous parler d'abord une minute ?

Et je dépose sur son bureau ma demande de congé de maternité sortie de sa chemise.

— Je suis enceinte, les nausées sont sévères, je demande un congé.

Aucun tremblement dans la voix. Mais mes doigts tremblent. Faible comme un condamné poussé de force sur l'estrade des exécutions.

— Un congé de maternité ? s'écrie le chef, étonné.

Mais il est déjà debout et ajoute :

— Allons parler là-bas.

Quand je m'assois dans la salle de négociation qui jouxte l'espace de bureau, je sens les regards du chef au niveau de ma taille. Ma taille qui n'est pas grosse d'un bébé absent, mais un peu grosse quand même d'autre chose que d'un bébé.

— Dites-moi, c'est très soudain tout ça. Un mariage un peu précipité, peut-être ?

— Non, mariage ou pas, ce n'est pas encore décidé.

Le chef fait la moue, de l'air de celui qui n'a pas envie de rentrer dans des considérations délicates.

— Et vous comptez faire quoi ?

— Eh bien, les nausées étant très pénibles, je m'excuse de cette situation imprévue, mais pourrais-je bénéficier d'un congé à compter de cet après-midi ? Je ferai parvenir un certificat médical par la poste à une date ultérieure.

— Oh, mais rien ne presse. C'est-à-dire que le bureau ne peut pas vous accorder un congé de maternité à un stade si précoce de votre grossesse, dès les premières nausées. Vous serez sur vos congés payés. Et quand la période des nausées sera terminée, repassez donc au bureau.

Ah bon ? Bof, c'est pas amusant, j'avais tout écrit. Je n'ai plus qu'à remettre mon dossier dans sa chemise. Ceci dit, c'est vraiment des bourreaux de vouloir me faire retravailler dès que je n'aurai plus de nausées. Alors que, quoi, une femme accouche combien de fois dans sa vie ? Avec la diminution du taux de naissances, une fois ou deux, trois grand maximum. Et c'est quand même une vie qui pourra durer cent ans, si tout va bien, qu'elle nourrit en son sein, alors ils pourraient lui accorder un peu de repos, non ? Enfin, bon, en ce qui me concerne, moi en ce moment, c'est juste le pain de mie que je me suis forcée à avaler au petit déjeuner, mais quand même.

— Bien sûr, c'est une heureuse nouvelle, comme on dit, mais pour nous, c'est surtout embêtant. L'année dernière, Yoshioka a pris son congé de maternité deux semaines avant la date prévue de l'accouchement. Vos nausées sont vraiment si insupportables que ça ? Vous n'arriveriez pas à faire quelques menus travaux pas trop pénibles ?

— Je suis désolée. Si cela pose des problèmes à la société, la prochaine fois, je préparerai une demande de démission.

— Non non non, je ne vous demande pas d'aller jusqu'à quitter l'entreprise, mais juste…

Je sens son regard flotter pendant qu'il rectifie le tir en vitesse. Les démissions d'employées pour cause de maternité n'ont pas bonne presse. Il a été pris de court que j'en parle spontanément. Ces mots qui m'ont échappé m'ont d'ailleurs confirmé que j'avais effectivement envie de quitter la boîte.

— En tout cas, pour aujourd'hui, reposez-vous et merci d'être venue.

Dommage qu'il ne m'ait rien demandé. S'il m'avait demandé quel nom j'allais donner à mon bébé, j'étais prête : « Que ce soit un garçon ou une fille, je pense l'appeler Miharu, avec les caractères *mer* et *beau temps*, parce que son père et moi, nous adorons la mer. »

— Yoshik*aaa*, ça v*aaa* ? vient me demander Kurumi, sans me regarder dans les yeux, d'un air très concerné, dès que je reviens à ma place.

— Tout va bien. Je viens d'annoncer au chef de service que j'étais enceinte. Les nausées persistent, alors à partir d'aujourd'hui je suis en congé. Désolée que ce soit si brusque.

— Ah bon, c'est à ce point-là ? C'est dur, alors.

Elle a mis la main sur sa bouche, mais ses yeux brillent de curiosité.

— Et… qui est le papa ?

— Ça te regarde ?

Je l'ai dit sans réfléchir. Elle a eu un geste de recul et s'est tue. Je range mes affaires personnelles dans un carton. Les autres me jettent des regards discrets, mais personne ne demande rien, comme s'ils étaient au courant. J'ai l'impression que la rumeur de ma grossesse est déjà bien lancée. C'est jouissif de préparer son départ pendant que les autres travaillent. On a l'impression de partir en vacances d'été avant tout le monde. C'est comme le dernier jour d'école avant les grandes vacances, quand on fourre toutes ses affaires dans un grand sac à anses et qu'on prend le train de la ligne Yamanote et qu'on est super motivée pour acheter un liseron en pot et le faire pousser en notant ses observations chaque jour, comme devoir de vacances. Dire que j'étais hier à sangloter dans les toilettes, et que je m'en sors grâce à ce mensonge sur mes nausées, depuis le coup de la soirée des anciens élèves, je crois que le mensonge va devenir ma technique de prédilection.

Comme le bureau, le train de retour offre un paysage différent de celui que je connais. Sans doute parce que ce n'est pas la même heure que d'habitude, les rayons de soleil, les passagers peu nombreux, le silence, tout semble quelque peu irréel. Cela faisait longtemps que je n'avais pas goûté à une vraie liberté. Pas une liberté momentanée mais une absence de projet depuis maintenant jusqu'à toujours, la vraie liberté. Je peux descendre à n'importe quelle gare et je peux rester dans le train aussi longtemps que je veux si je veux.

Le plus étonnant est de se dire que chacun des passagers du train a une destination. Parfois un passager prend un visage sérieux après l'annonce de la prochaine gare et quand il descend, j'ai l'impression qu'il me laisse en plan. Je suis descendue plus ou moins par hasard trois gares plus loin que ma station habituelle, sans aucune envie de visiter le quartier, sans même l'envie de sortir de la gare, je suis restée prostrée sur le quai, jusqu'à ce qu'arrive le train en sens inverse par lequel je suis rentrée.

En arrivant chez moi, je me sentais fatiguée, exténuée, je n'avais envie de rien faire. Mon idée de rentrer chez mes parents pour éviter le risque de me faire repérer par quelqu'un du bureau en me baladant en ville s'est transformée en : pour ne pas me faire remarquer, je n'ai qu'à rester enfermée ici. Ne parlons pas d'un liseron en pot, je trouvais déjà pénible de prendre soin de moi.

Que comptais-je faire de ces vacances ? Il me semblait avoir des tas de choses à faire. Mais maintenant que j'étais libre, je ne m'en souvenais pas d'une seule.

Les pieds sous la table chauffante, à part surfer un peu sur Internet sur mon portable, je n'ai rien fait d'autre que de rester là à contempler le rectangle blanc du plafond. Pendant que je mangeais des *udon* en marmite ou que je regardais une émission de télé qui faisait juste du bruit, je ne pensais à personne.

Jusqu'à présent, quand j'avais l'esprit vide, j'avais l'habitude de chercher au fond de ma mémoire des souvenirs d'Ichi pour les régurgiter en souriant toute seule, mais là je ne trouvais plus de souvenirs d'Ichi nulle part. Quand j'essayais de retrouver le Ichi de jadis, c'est le Ichi que j'avais revu adulte qui apparaissait. Et ces souvenirs étaient tristes et me faisaient mal, pas du tout sourire.

Pourtant, je ne regrettais pas de l'avoir revu. Mes souvenirs restaient beaux, et du moment que je les rappelais de façon préméditée et consciente, ils constituaient une sorte de performance très élaborée. Parce que, quelque part dans ma tête, je savais très bien que si je tenais tant à préserver leur beauté, c'est parce qu'en réalité ils ne l'étaient pas tant que ça. Et faire semblant de ne pas le savoir alors que je le savais, c'était comme un manque de respect vis-à-vis de ces souvenirs. Pas de regrets, donc, mais plutôt de la mélancolie.

Quand personne ne vous vient à l'esprit, on se sent seul. La solitude réelle, celle de vivre seule sans copain, celle de n'avoir personne à voir le week-end, je l'avais supportée, parce que je n'étais pas seule dans ma tête.

Ah oui, tiens, évoquons mentalement Ni. La joue dans la main sur la table chauffante, j'ai essayé de penser à Ni, mais cela m'a seulement rendue triste, aucune sensation de bonheur. Ces souvenirs qui auraient dû être gais, ceux de mon premier succès auprès d'un garçon, avaient tous été effacés par celui de sa tête effarée au dernier moment sur la terrasse du bureau, et cela n'avait rien de plaisant du tout.

Dans le quartier a résonné la chanson *Le coucher de soleil*, qui annonce dix-huit heures. Bientôt l'heure de la sortie du bureau. Ni va probablement me téléphoner quand il saura ce qui m'est arrivé.

Quand il va apprendre que je suis enceinte, il sera furieux, évidemment, et je n'ai pas envie de répondre. J'ai éteint mon portable en sortant du bureau et depuis, il est comme mort dans mon sac. Si je ne réponds pas, Ni sera encore plus furieux, il va rappeler des tonnes de fois et m'envoyer des textos rageurs du style *réponds, quoi !*

Pour tuer le temps, j'ai joué sur ma Nintendo DS dont je connais les softwares tellement par cœur que je me suis baladée, puis, à minuit et demi, je me suis lavé les dents et j'ai rallumé mon portable, peut-être pas pour rappeler mais au moins pour vérifier mes appels. Ça faisait peut-être trois jours que je ne l'avais pas ouvert et je n'avais pas un seul appel ni texto.

La brosse à dents dans la bouche, je suis restée dans le coin de la chambre. J'ai regardé la photo de ciel de mon fond d'écran. Je me sentais comme si j'avais joué à *Daruma-san ga koronda*[1], que j'avais pris un peu trop mon temps tournée vers le mur, et quand je m'étais retournée, il n'y avait personne.

Ni n'avait peut-être pas encore appris la nouvelle. Ou peut-être était-il tellement choqué qu'il n'arrivait pas à m'appeler.

Le lendemain, j'ai ouvert mon téléphone dès que je me suis réveillée, mais il n'y avait rien. Je me suis demandé s'il n'était pas paramétré pour ne recevoir aucun appel quand il était éteint, je l'ai coupé et j'ai appelé mon portable sur le fixe, puis j'ai rallumé le portable et c'était bien indiqué *1 appel* sur le journal des appels.

Il fonctionnait comme il faut.

De toute la journée jusqu'au soir, pas un seul texto, le lendemain, j'ai laissé tout le temps le portable allumé, c'est resté silencieux à mort et j'ai enfin admis la réalité.

Ni m'avait laissée tomber.

Jusqu'à ce qu'on parle sur la terrasse du bureau, il me téléphonait ou m'envoyait au moins un texto par jour. S'il avait soudain cessé de le faire, cela ne

---

1. Littéralement, « Bodhidharma est tombé ». Jeu d'enfants, similaire à « Un, deux, trois, soleil ! ».

pouvait qu'avoir un rapport direct avec ce que je lui avais dit sur la terrasse ou avec l'histoire que j'étais enceinte. Ou avec les deux, en fait. Après avoir réfléchi aux deux, il avait décidé de m'abandonner. Ou plutôt, il en avait eu marre et ne m'aimait plus.

Le portable serré dans mon poing, mes bras et jambes se sont refroidis, plus moyen de dormir. Même lumière éteinte, allongée dans le futon, à tout instant je rouvrais mon portable à côté de mon oreiller pour voir s'il n'y avait pas un texto de Ni.

Le lendemain non plus, je n'ai pas mis les pieds hors de chez moi. Je mourais d'envie de téléphoner à Ni. J'aurais voulu d'abord vérifier dans quelles dispositions d'esprit il était, pour pouvoir ensuite lui raconter honnêtement le déroulement des événements et m'excuser d'avoir menti. Même si cela n'avait pas duré longtemps, c'était quand même le premier copain de ma vie. Moi aussi, au moins une fois, j'avais pensé que je pouvais sortir avec lui. Je le penserais éventuellement encore, si je le revoyais, là, tout de suite.

Le quatrième jour depuis que j'avais arrêté le boulot, quand mon portable s'est mis à sonner, j'étais dans la cuisine en train de laver la vaisselle qui s'était accumulée. J'ai lâché la louche pleine de mousse dans l'évier et j'ai attrapé le portable posé sur la table.

Le texto ne venait pas de Ni mais de Kurumi.

Yoshika, toutes mes félicitations pour ton bébé ! Pardon de ne pas te l'avoir dit tout de suite l'autre jour. J'étais tellement surprise ! Et il y a aussi un truc qui me turlupine. Parce que ton attitude quand tu m'as dit que tu étais enceinte n'était pas comme d'habitude. Est-ce que j'ai fait quelque chose de mal ? Quand je t'appelle, je tombe sur « Appel rejeté », est-ce que tu es en train de me zapper ? Pardon si je me trompe, hein. Juste je me demande. Mais tout ça c'est pas grave, l'essentiel, c'est : félicitations pour ton bébé. Je suis sûre que ce sera un bébé magnifique !

Un texto très long et sans un seul émoticon. Le sérieux du ton m'a mis un sacré poids sur les épaules. J'ai compris pourquoi en général, quand on envoie un texto, on s'efforce d'écrire le plus light possible. La première image qui m'est venue à l'esprit en lisant le message de Kurumi, c'est son visage qui venait timidement voir quelle tête je faisais.

J'étais encore fâchée à cause de ce qu'elle avait dit à tout le monde, mais dans son texto, le passage *est-ce que tu es en train de me zapper ?* m'a quand même fait un peu rire. Une vraie collégienne. Elle a peut-être un côté gamine, finalement, Kurumi. D'ailleurs, elle aimait bien qu'on aille aux toilettes ensemble, maintenant que j'y repense. A midi elle voulait toujours manger avec moi, peut-être parce qu'elle avait peur d'être laissée pour compte. Tout à coup, je me suis rappelé la fois où, en tant que petites dernières du service, nous avions dû porter des rouleaux de papier fax du guichet des consommables jusqu'à la compta et où nous étions parties en fou rire à cause de ces monceaux de cylindres dans nos bras qui n'arrêtaient pas de se casser la figure. Une de ses chaussures était tombée et elle riait tellement qu'elle était restée assise par terre dans le couloir avec les rouleaux dans les bras. C'était à peu près les mêmes choses que moi qui la faisaient rire. Et vierge ou pas vierge, on s'en foutait pas mal.

Après avoir lu le message de Kurumi, sur ma lancée, sans réfléchir, j'en suis venue à penser à Ni.

Pourquoi faut-il que je perde une chose pour m'apercevoir de son importance ? D'ailleurs je ne la possédais même pas vraiment. Dans ma tête Ni était à moi, mais au moment de mourir, chacun meurt seul sans rien emporter avec lui.

Tout compte fait, un être humain ne possède rien totalement. Alors de quel droit me croyais-je assurée de l'amour de Ni et pouvais-je me reposer sur l'idée qu'il me poursuivrait pour l'éternité ?

J'ai appuyé sur le bouton et j'ai appelé Ni. Ça a sonné mais il n'a pas décroché. J'ai réessayé deux heures plus tard. Cette fois, ça n'a même pas sonné, j'ai été dirigée direct sur le répondeur, comme s'il avait mis mon numéro sur *appel refusé*. Il ne voulait pas me parler. Je savais que c'était paramétré sur *appel refusé* mais j'ai rappelé plusieurs fois et j'ai laissé un message : *Si tu veux bien, merci de m'appeler quand tu sortiras du bureau.*

A chaque appel, mes regrets empiraient. Si c'était pour le rappeler sans arrêt comme ça, pourquoi avais-je tant tergiversé quand je le voyais et que je pouvais lui parler directement ? La vérité, c'est que le rappeler sans arrêt comme j'étais en train de le faire, c'était facile, puisque ça ne dépendait que de moi. C'est quand il m'assiégeait avec les sentiments qui étaient les miens maintenant qu'il aurait fallu faire quelque chose, mais cela m'aurait demandé de faire une croix sur mes sentiments personnels et de m'aligner sur ses intentions, et ça, pour l'égoïste que j'étais, c'était dix fois plus difficile. Mais s'il me donne une nouvelle chance, je lui montrerai que je sais répondre, promis.

Mais ce soir-là, il n'y a encore eu aucun appel, ni de Ni ni de personne, c'était tellement insupportable que j'ai appelé maman.

— Ah, Yoshika ? Qu'est-ce qui t'arrive ?

Dès que j'ai entendu sa voix, je me suis mise à pleurer, en essuyant mes larmes avec le dos de ma main. Quand je venais de m'installer à la capitale, que j'avais des difficultés à m'adapter, que ça ne marchait pas au boulot, que j'appelais tout le temps, comment faisais-je déjà pour étouffer mes sanglots et parler très normalement sans laisser voir que je pleurais ?

— Maman, je crois que j'ai fait une bêtise.

— Une bêtise ? De quel genre ? Yoshika, tu pleures ?

— On va peut-être me renvoyer de la société.

— Mais pourquoi ?

— Parce que… tout d'un coup, j'ai explosé…

— Qu'est-ce que tu as fait…

Je ne pouvais pas lui dire que j'avais inventé que j'étais enceinte, j'avais tellement honte que ce n'étaient plus des larmes, là je sanglotais pour de bon. Maman m'a demandé ce qui m'arrivait d'une voix cassée par l'angoisse. Vingt-six ans et j'étais en train d'affoler ma mère si loin de moi. Je venais de battre une nouvelle fois mon record personnel de honte.

— Je ne sais pas pourquoi tu risques d'être renvoyée, mais s'ils t'obligent à partir, tu n'as qu'à revenir à la maison, tu sais bien.

— C'est vrai ?

— Bien sûr que c'est vrai. Il ne faut pas te mettre dans des états pareils. Tu pourras toujours revenir à la maison quand tu veux. Papa, toi aussi, dis quelque chose à Yoshika qui pleure parce qu'on risque de l'obliger à quitter son travail, la pauvre…

La voix de ma mère s'est un peu éloignée du téléphone.

— Non non, c'est pas la peine, maman.

Je pleurais, d'accord, je me montrais dans toute ma déchéance, d'accord, mais parce que c'était ma

132

mère. Pas question de me montrer comme ça devant mon père.

Il y a eu un grésillement quand maman a passé l'appareil à papa.

— Yoshika…

— Oui, j'ai dit en me tenant plus droite.

— Je ne sais pas ce qui se passe, mais tu ne vas pas laisser tomber ton emploi comme ça. Tu ne peux pas partir sur un coup de tête. C'est indigne. Tu es une adulte, tu es dans la vie active, tu dois jouer ton rôle social correctement.

Et comme je ne répondais rien, il a ouvert grand les vannes.

— Tu te laisses trop aller à la facilité. Je ne sais pas ce qui s'est passé, mais ne crois pas que tu peux revenir ici quand tu veux. Tu vas d'abord t'expliquer avec ton bureau, et tu vas faire tous tes efforts pour qu'ils passent l'éponge. C'est compris ?

— … Oui.

Un silence embêté s'est attardé à l'autre bout de la ligne, la ligne a de nouveau grésillé quand papa a rendu le combiné à maman.

— Yoshika, ça va ? Qu'est-ce que papa t'a dit ?

— On ne s'était pas parlé depuis longtemps et ça a tout de suite été les sermons.

— Mais c'est vrai, ce que ton père raconte. Même si tu es dans la vie active, tu restes encore un peu enfant, il faut apprendre à être plus ferme avec toi-même.

— Maman, ce n'est pas ce que tu disais tout à l'heure…

— J'étais à côté, j'ai entendu ce que ton père t'a dit, et je crois qu'il a quand même un peu raison.

Pendant un moment, je l'avais eue par les sentiments, mais elle avait vite tourné casaque. Elle est toujours du côté de papa. Déjà dans mon enfance, des fois ça m'énervait, et des fois je me disais qu'au moins c'était la preuve qu'ils s'entendaient bien.

— Dis, maman, pourquoi tu as épousé papa ?

— Qu'est-ce qui t'arrive, tout d'un coup ?

— Rien. Juste que vous êtes très différents tous les deux, alors j'ai envie de savoir comment vous êtes tombés amoureux, comment vous en êtes venus à vous marier.

— Ben, juste comme ça.

— Juste comme ça ? Juste comme ça vous étiez amoureux, juste comme ça vous vous êtes mariés, juste comme ça vous m'avez eue ?

— Oui oui.

— C'est plat, ça. Réfléchis un peu mieux, quoi !

— Peut-être, mais tu vois, je suis tout de même heureuse d'avoir rencontré quelqu'un que j'avais envie d'épouser juste comme ça et avec qui j'ai eu envie de rester pour la vie juste comme ça.

Maman avait parlé doucement, mais puisque papa était dans la même pièce, il entendait sûrement, et pourtant, d'une certaine façon, c'est moi qui ai rougi. Alors j'ai dit bon, à la prochaine fois et j'ai coupé.

Ce que m'avait dit maman m'enveloppait peu à peu comme un fin film d'huile. J'ai composé le numéro de Ni sur l'appareil encore chaud de l'avoir tenu collé à mon oreille.

Je n'arrivais pas à me faire à cette histoire de « juste comme ça ». Une histoire d'amour qui s'écoule tout naturellement comme en glissant sur une vague et qui accoste sur le rivage du mariage, ça peut faire envie, mais ma fibre amoureuse est plus carrée que ça, je ne suis pas dégourdie pour gérer les choses avec autant de doigté. Mais de même que le courant arrondit les angles des galets, ça pouvait peut-être marcher comme ça avec Ni ?

Ni avait dû finir par supprimer le rejet d'appel, il a décroché.

— Quoi… a-t-il fait d'une voix éteinte.

J'aurais été une étrangère pour lui, il n'aurait pas répondu avec moins d'enthousiasme.

— Viens tout de suite, je t'en prie. Tu es déjà venu en taxi jusque chez moi, tu dois t'en souvenir.

J'avais voulu avoir un enfant d'Ichi, j'avais voulu élever l'enfant d'Ichi. Pourquoi l'amour ne suffit-il pas pour faire un enfant ? Un acte sexuel sans amour suffit pour faire un enfant, mais un amour même immense sans acte sexuel est stérile. Le fait même que cela me pose question est peut-être la preuve que je suis d'une espèce qui n'a aucune

chance de laisser une descendance dans la compétition pour la survie. Mais tout au fond de mon
corps quelque chose crie, l'amour est ici ! L'amour
sous toutes ses formes est ici !

Ni est arrivé tard dans la nuit, il ne m'a pas
regardée, il a évité mon regard, il restait dans l'entrée sans manifester la moindre intention de venir
plus près. Son costume était mouillé aux épaules et
il se tenait d'une façon qui signifiait, je suis venu
dans ce vent hivernal et j'ai froid.

— Tu n'avais pas de parapluie ?

Sans ouvrir la bouche, il a fait un tout petit peu
apparaître la pointe du parapluie qu'il tenait caché
derrière son dos pour me le montrer. Ah bon, c'est
juste qu'il ne sait pas tenir un parapluie correctement. Ça ne m'étonne pas, il a un côté maladroit.
Et aujourd'hui, pour moi cette maladresse avait
quelque chose de nostalgique, de tendre.

— Bon, alors ? Parce que même si tu m'as dit de
venir…

— Merci d'être venu.

Ni m'a regardée avec son air dur, et quand je lui
ai souri, il a tout de suite détourné le regard.

— Tu n'as pas l'air en forme, si tu es malade, je
peux t'emmener à l'hôpital. Il faut que tu fasses
attention à toi, non ?

— Pardon. Je ne suis pas enceinte.

— Hein ?

Il a relevé la tête.

— J'ai menti. Pour obtenir un congé du bureau.

Je pensais qu'il serait plutôt content d'apprendre que c'était un mensonge, mais son désarroi s'est bientôt changé en colère.

— De quoi ? Mais qu'est-ce qui te prend de faire des mensonges pareils ?

— Je n'ai pas supporté que Kurumi et toi vous ayez parlé de mon secret. Et à l'idée que Kurumi l'avait peut-être dit à d'autres personnes du bureau aussi, je ne voulais plus y mettre les pieds. Et puis, il n'y a pas longtemps, celui que j'aimais depuis si longtemps m'a rejetée. Les deux événements se sont présentés d'un seul coup, alors j'ai voulu fuir.

Ni s'est pris la tête dans les mains et a expulsé de l'air par le nez.

— Mais c'est quoi cette logique ? Je peux pas suivre un truc pareil, moi !

— Pardon.

— J'ai pas besoin que tu t'excuses. Pourquoi tu t'excuses, d'abord ?

— Parce que je t'ai blessé.

— Je ne suis pas blessé, a nié Ni avec énergie. Mais c'est complètement fou de planter son travail en inventant une histoire pareille, seulement pour convenance personnelle !

Il semblait outré pour une raison éthique. Mais il suffisait de le voir pour comprendre que son indignation n'était qu'une pose. En réalité il était bel et bien blessé. C'est parce qu'il était blessé que je lui aie menti qu'il réagissait avec cette vigueur à ma demande de pardon. Refuser catégoriquement d'admettre cette blessure d'amour-propre était une façon de ne pas me coller une étiquette de mauvaise et je lui en savais gré. C'était agir comme un homme. Il mettait manifestement un point d'honneur à ne pas être faible au point de pouvoir être blessé. Ce qui n'était pas mon cas. Moi, à la moindre éraflure, je m'effondre emphatiquement, je me roule par terre, je montre ma blessure du doigt en geignant : « Non mais regarde comme je suis blessée ! »

— En admettant que tu aies inventé une grossesse parce que tu t'es laissé emporter par tes sentiments, ce n'est pas un mensonge qu'on fait quand on est un adulte responsable. Même dans l'abstrait, c'est pire que tout. Ce n'est pas que ça me plaise de te le dire, Yoshika, je ne sais pas si c'est à cause d'un chagrin d'amour, mais tu ne serais pas un peu malade dans ta tête ? Puisque tu as du temps libre, là, tu devrais aller à l'hôpital.

Je savais que c'était normal que Ni soit fâché. Mais en voyant la colère dans ses yeux, je ressentais une insupportable solitude, qui s'est changée en irritation.

— Bon, ça va. Tu n'es pas obligé de dire ça, quand même.

— Non, Yoshika, tu n'es pas saine d'esprit. Non seulement vis-à-vis du bureau mais de moi aussi. Ta façon de jouer avec moi en me donnant plein d'espoir, pour déclarer à la fin, ah, eh bien, en fait, j'aime quelqu'un d'autre... D'abord c'est démoniaque, et puis c'est lâche.

J'étais tellement mortifiée que les larmes me sont montées aux yeux. Jusqu'à maintenant, je n'avais jamais fait que l'écouter sans jamais dire ce que j'avais envie de lui dire, pourquoi en cet instant précis ne pouvait-il pas un peu m'écouter, pour une fois ?

— C'est parce que je suis vierge que tu es tombé amoureux de moi, c'est ça ? j'ai dit d'une voix grave et étouffée.

Au début, il a paru ne pas comprendre, puis, quand le sens de mes paroles est parvenu jusqu'à lui, sa colère chaude s'est instantanément transformée en une colère glacée. Son regard s'est refroidi de plusieurs degrés, et il est devenu très calme.

— Si c'est pour me mettre en colère que tu m'as fait venir, je m'en vais tout de suite. Si tu détournes la conversation pour me mettre en colère...

— Ce n'est pas pour te mettre en colère. C'est parce que je le pense pour de vrai que je le dis.

— Je m'en vais.

J'étais incapable de lui dire sincèrement que je ne voulais pas qu'il s'en aille, mais à la place, alors qu'il avait déjà la main sur la poignée de la porte, j'ai lancé de toutes mes forces à son dos :

— Mais tu ne penses pas que c'est une occasion de me connaître, de connaître celle que je suis vraiment ? Si tu m'aimes, tu n'as pas envie de me connaître telle que je suis à l'intérieur ? Demande-moi un peu : à quoi je pense ? Quelle affreuse personne je suis ? On ne déclare pas son amour à quelqu'un qu'on ne connaît même pas !

— Je me suis déclaré parce que je t'acceptais comme tu étais.

— Accepter une personne comme elle est, ça ne veut pas dire qu'on est d'une sublime largesse d'esprit, ça veut dire qu'on s'en fout ! Se vanter en permanence de m'aimer sans rien faire pour me connaître, c'est très bête.

— Et il aurait fallu que je fasse quoi pour te connaître ?

— Passer deux heures à Animato !

Ni a poussé un soupir comme si les limites de sa résistance au stress étaient atteintes.

— Là, tu te moques de moi. Bon, ça va, j'ai compris, alors d'abord arrête de pleurer. Tu te calmes. Prends un verre d'eau.

— Dans quel monde est-ce que ça existe, une fille qui se moque de l'autre en pleurant ? Ça n'est pas plus possible que de se mettre en colère en riant. Tu ne serais pas un peu attardé des émotions, par hasard ?

Ni a expiré l'air du fond de ses poumons, j'avais tellement peur qu'il me déteste que j'ai parlé de plus en plus vite.

— Tu m'aimes, n'est-ce pas ? Eh bien, tu vois,

celle qui te parle comme ça, c'est moi, il va falloir que tu l'admettes.

— Attends. Honnêtement, je ne t'ai jamais dit que je t'aimais. J'ai dit que tu me plaisais, que j'étais amoureux de toi, ce niveau-là. C'est normal, on n'a eu que quatre rendez-vous ensemble. Je ne te connais pas encore vraiment, alors, si je t'avais dit que je t'aimais, ça aurait pué le mensonge. Quand je me suis déclaré, j'ai dit que je voulais sortir avec toi pour de bon, qu'on devienne proches, que je voulais mieux te connaître, c'était ça ma déclaration.

— Et voilà encore la vérité qui sort, j'ai murmuré d'une voix mal assurée.

Ni n'avait pas eu le coup de foudre pour moi. Ma façon de tomber amoureuse et sa façon à lui de tomber amoureux étaient manifestement très éloignées l'une de l'autre.

— Alors, dis-moi, qu'est-ce qui t'a suffisamment plu chez moi pour te pousser à me faire une déclaration, même si ce n'est pas que tu m'aimais ?

— Ma foi… le fait que tu n'es pas comme les autres.

— Pas comme les autres ?

— Ben oui, des filles qui travaillent et qui sont comme toi, Yoshika, on n'en trouve pas beaucoup ! Comment dire… qui n'ont pas vraiment grandi… qui sont restées très gamines.

C'est bien ça, Ni était mon attaché d'observation chargé de me sauver de l'extinction. Avec son physique râblé, la salopette et un balai lui iraient pas mal du tout.

— Mais bon, honnêtement, a repris Ni un ton plus fort comme pour mettre une césure, pour dire les choses comme elles sont, je t'ai dans la peau. Même avec ce mensonge trop bizarre que tu m'as fait, même maintenant je voudrais encore être avec toi.

C'était la première fois que son « honnêtement » m'atteignait en plein cœur. Je ne savais plus quoi dire.

— Mais j'ai beau être amoureux de toi, je ne suis pas prêt à accepter tout et n'importe quoi comme ça. Vouloir me faire tout accepter, c'est me forcer la main. Pour que ça marche entre nous, il faut d'abord que... petit à petit, on fasse chacun des efforts pour se mettre à la portée de l'autre, a ajouté Ni en poussant un soupir. Mais bon, je suppose qu'à partir du moment où on dit qu'on s'aime, c'est qu'on accepte tout à 99 %, j'imagine.

Il est resté un long moment immobile, puis il s'est brusquement retourné, il a ouvert le vasistas à côté de la porte d'entrée et a crié dans le couloir :

— On va en faire un ensemble, de bébé !

Puis, en faisant plein de manières, il a refermé le vasistas à deux mains, très précautionneusement, comme une patronne d'auberge de montagne qui ferme une cloison coulissante dans une chambre.

— Il fallait absolument que tu ouvres cette fenêtre ?